阿

缺

著

人民文学出版社
PEOPLE'S LITERATURE PUBLISHING HOUSE

图书在版编目（CIP）数据

云鲸记/阿缺著. -- 北京：人民文学出版社 2023

ISBN 978-7-02-018095-0

Ⅰ.①云… Ⅱ.①阿… Ⅲ.①中篇小说－小说集－中国－当代②短篇小说－小说集－中国－当代 Ⅳ.①I247.7

中国版本图书馆CIP数据核字(2023)第126399号

责任编辑　李　娜　　李　殷
装帧设计　汪佳诗

出版发行　人民文学出版社
社　　址　北京市朝内大街166号
邮政编码　100705

印　　制　山东新华印务有限公司
经　　销　全国新华书店等

字　　数　80千字
开　　本　787毫米×1092毫米　1/32
印　　张　7
版　　次　2023年8月北京第1版
印　　次　2023年8月第1次印刷

书　　号　978-7-02-018095-0
定　　价　58.00元

如有印装质量问题，请与本社图书销售中心调换。电话：010-65233595

# 目　录

彼岸花

# 1

　　不知怎么回事，春天刚到，我就感觉肩膀靠后有些痒。我让老詹姆帮我看下。他叼着烟绕到我身后，看了半天，用手势说："没事啊。"

　　"可是痒痒的。"我转身，用手势回道。

　　老詹姆的脖子已经腐烂，因此只能用摆手代替摇头，说："不可能不可能，我们的神经都烂掉了，除了永恒的饥饿，没有任何知觉，怎么可能觉得痒呢？你是不是太久没有进食了，放心，我最近在风中嗅到了血肉的味道，这几天我就带你过去觅食。"

　　我不信，让他找了两块镜子，一块在前，一块在后，对照着看。我看到我的右肩后侧有一道巴掌长的伤口，肉已经翻开，灰褐灰褐的，像一张微微咧着的嘴巴。这张嘴巴里，隐隐可见有一个黑色的小东西。

"你不是说没什么吗，怎么还有这个小东西？"

老詹姆又看了一会儿，说："不知道这是什么。"他伸出手指，往伤口里挖了挖，镜子里，我能看到我的腐肉粘在他手指上。他太用力，伤口又撕开了些，新露出的肉依旧是灰色的。我无聊地打了个哈欠，哈欠打完的时候，想起来，这个伤口是上次在一个山坡上追逐活人时，被一根树枝划出来的。

"太紧了，挖不出来，"老詹姆颓然站到我面前，打着手势，"可能是露出来的骨头吧。"

"哦。"我晃了晃手。

这时候已经是傍晚，但这座海滨城市的夏天，白昼很长，天空依然是一片幽寂的黛蓝色。海上波光粼粼，一条被拴住的人力船浮在海面，载沉载浮。很多僵硬的人影徘徊在岸边，漫无目的，走来走去。

"他们在干什么？"我问。

"最近海上会飘来一些尸体，"老詹姆吐出烟头，又点燃一支，叼在嘴里，"是有血肉的，刚死不久。跟我们不一样。"

正说着，海边的人们一下子躁动起来，跑进海水里。我踮起

脚，看到金黄色的波光里，一个人影正随波起伏，飘荡过来。

人们向那具尸体跑过去。丧尸手脚不协调，无法游泳，但幸好到海水齐腰深的地方，他们抓到了尸体。他们腐烂的脸上露出欣喜，喉咙里发出奇怪的咕噜声，一起伸手，撕扯着尸体。

那是个中年男人，的确刚死不久，血液呈褐色，在海水里并不散开。

但依然有血液的气息。

我鼻子一阵抽搐，肚子里的饥饿似乎瞬间被放大了无数倍。这饥饿驱使着我，也向海里跑去。但我和老詹姆来迟了，跑过去时，人们已经散开。海水里一片脏污，但用手一捧，水里什么也没有。

"他们下手真快。"我说。

"那当然，这么多丧尸，才一具尸体。你们不是有句古话吗，僧多……"他比画了半天，似乎在已经干枯的脑仁里思索，但久久没有结果。

"粥少。"我替他比画出来。

"嗯嗯，粥少，"他满意地点点头，"真形象。"


索拉难病毒肆掠，在人类中间划分出僧和粥的区别，是多少年前的事情来着?

我苦苦回忆,发现已经记不清。

身为丧尸,其他都好,就这点坏处,能记得的事情越来越少。你也不能怪我,丧尸的大脑会慢慢枯萎,有时候晃脑袋,都能听到里面咯咚咯咚地响,仿佛脑干正像乒乓球一样在头骨里撞来撞去。每撞一次,能记得的事情就少一件,等大脑完全空掉之后,唯一剩下的感觉,就是饥饿了吧。这种饥饿不会要我的命——因为已经死过一次,但它也永远不会消逝,只会驱使着我去追逐活人,去撕扯血肉。

但今天,我跟老詹姆往岸上走时,他的头颅依旧咯咚咯咚,我的脑袋里却一片安静。我晃了晃,打手势问:"你能听到我脑袋里的声音吗?"

老詹姆说:"没有。"

我有些忧愁,"我是不是生病了呀?"

"我们是丧尸,丧尸一般不怎么感冒发烧,"老詹姆安慰我说,"你放心,可能是你刚刚跑的时候,把脑干从耳朵里甩了出去,所以里面空了,就没声音。"

我这才放心下来,又往身后看了看,波光依旧粼粼,只是黯淡了许多。夜色正降下来,海水在我们腿间缓缓起伏。在一条

条海浪间，我并不能找到我的脑干。

"可能被水冲走了吧，"老詹姆说，"也是好事，没了脑子，就没了烦恼。"

我们只得走上岸，打算继续在城市里游荡，就像此前的无数个夜晚一样。但作为我跟你诉说的这个故事的开头，它必然不能平淡如往日，它得出现一些不同寻常的地方。而这个异常，就是我突然站住了，脑袋里有电流蹿过的滋滋声，我说："我想起来我是谁了。"

"看来你真的生病了。"

"我没骗你！"我努力抓着脑袋里的那一丝电光，记忆由模糊变得真切，仿佛从浓雾中飞出来了一只鸟。起初，它只是雾中的一个阴影，现在，它落在了枝头。我打的手势有点颤抖，说，"我我我，我是一个，一个，一个……"但我始终看不清那只鸟的模样，说不出关于我身份的最终答案，"我是一个男人，是一个学生，一个音乐爱好者……但我是谁呢？"

在我纠结的时候，老詹姆一直叼着烟，安静地看着我，腐败的眼球里透着怜悯。因他不能呼吸，烟只能自然燃烧。火光缓缓后移，他的脸上越来越亮。

他慢慢举起手，在幽暗的空气里打着手势，说："如果想不起来，就算了。"

我点点头，说："好吧，我想不起来我的身份，但我记起来我的家在哪里。"

老詹姆疑惑地问："在哪里？"

我带着他，走过满地狼藉的街头，穿过许许多多缓慢走动的丧尸们。他们僵直地游荡着，看到我们，打手势问道："你们吃了吗？"

老詹姆回答说："没有。"

"我们刚才吃了。"

"羡慕你们。"

"但没有吃饱，"他们说，"永远也吃不饱，吃不饱呀吃不饱，饿呀饿。"他们的手整齐地挥舞着，诉说着肚子里的饥饿。如果他们的声带还在，我想，他们会齐声歌唱，唱一整夜。歌词只有一个字，饿。

我没有像往常一样成为这个默剧的群演之一，拉着老詹姆，继续穿街过巷。天开始黑的时候，我们走进了一栋大楼，尽量弯曲膝盖，爬了十几层，推开一扇门。我说："我以前住这里。"

夕阳的最后一抹光辉从阳台照进来，落在凌乱的地板上。这个房子不大，八九十平的样子，两室一厅。客厅里一片凌乱，弥漫着恶臭，主卧的床也皱巴巴的，次卧的门却关上了。我们推了推，没推开，也就放弃了进去的想法。

"这就是你以前住的地方？很普通嘛，看来你生前也只是个一般人，装修品味也不怎么样。"

我没理他，在屋子里翻找，但没有找到任何跟我有关的东西。正要怀疑是不是这突如其来的记忆欺骗了我，这时，老詹姆从卧室的桌子上拿起一本书，翻了翻，一张照片从书里掉出来。他捡起来，看看我，又看了看照片，说："这男的是不是你？你现在脸上都僵硬了，长得有点变化，但照片上的人跟你很像。"

我凑过去，借着淡淡的斜晖，看到照片上的一对男女。他们站在海边，拉着手，很幸福的样子。我眯着眼睛，仔细看了半天，突然激动起来，说："我我我……"

老詹姆把照片跟我对比着看，看了一会儿，点点头："看不出来，你以前还挺帅，"又指着照片上的女孩，"这是谁？"

照片上，女孩比我矮半个头。海边斜阳的光在她的笑容里摇曳，她的眼睛也闪闪发光。我仔细看着，关于她的身份却想不来半点儿。但她的美是毋庸置疑的。我摇了摇头，把照片收起来，对老詹姆说："等我以后想起来了告诉你。"

老詹姆又露出那种怜悯的眼神，看着我说："你不要想起。

不管我们曾经是谁，我们现在都是行尸走肉。记忆对我们来说，是另一种病毒，更加有害，比饥饿更让我们痛苦。我想，忘掉我们是谁，是丧尸的一种自保机制，你不要抗拒这种机制，你不要想起。"

老詹姆总是能说出这种有哲理的话。我佩服地说："你生前肯定是个很不一般的人。"

"那是，我应该是个教授，"他说，"或者作家。"

我深以为然，又补充说："也有可能是个烟鬼，得了肺癌那种。"

"你还要待在这里么？"他打手势问。

"嗯，"我说，"我看看还能不能想起更多。"

老詹姆拍了拍我的肩膀，让我的那道伤口又是一阵酥痒，然后转身出了屋子。不管他生前有多么高贵尊崇的身份，现在，他只能依从本能，在城市的夜里晃来晃去，漫无目的。

我站在空荡荡的客厅里，闭上眼睛回想。但那只穿过浓雾而来的鸟已经振翅而去，想了半个多小时，除了我曾住过这间房子，回忆不起更多。我晃了晃脑袋，轻微的咯咚声和吱呀声响起了。原来我的脑干还在，我欣喜地想着，正要离开，突然愣住了——咯咚声是脑仁在头骨里晃动，那吱呀声是什么呢？

我慢慢转过身子，看向次卧的门。

斜阳沉入海平面，黑暗铺天盖地。在黑暗笼罩这间屋子之前，我看到次卧门轻轻移开，门后面探出一张女孩的脸，警惕地张望着。

这张脸很熟悉。

半个小时前，我在一张照片上看见过。

# 2

哐当，超市的玻璃门被我和老詹姆砸开。

这间超市曾经的主人是个胖子。城市沦陷之前，他每天坐在收银台后面，只露出一个肥胖的脑袋。我从没见他出来过，仿佛他的身体跟收银台长在了一起。后来丧尸袭击这座城市，胖子老板被咬中了手臂，很快，他的身体开始僵化。但他还是每天站在收银台后面，一旦谁靠近，就露出尖锐的牙齿。直到有一天清晨，我看到他在超市门口徘徊了很久，我晃晃悠悠地走过来，他问我，他为什么要守着这里。我说这是你的家。他摇了摇头，用手势说，活着的时候我忘了，死了我才记起来，我的家在北方。然后他便一路向北边走去，再也没有回来过。

这间超市就空了下来。

现在，我们踩着碎玻璃走进去，里面空空荡荡。冷风从货架的另一边吹过来，凉飕飕的。老詹姆打开冰箱，一股腐臭传出，他深吸一口，露出很享受的表情。他从冰箱里捞出一条猪肉，咬了咬，又一口吐出来，说："硬邦邦的，不好吃。"他把臭肉扔下，转身从收银台前拿了几条烟，拆出一支，在嘴里点燃。

我则找了辆推车，穿过一排排货架，来到食品区，边走边把货架上的食物和水扫进推车里。

"我说，你怎么有心情来打劫超市了？"老詹姆走到我面前，边后退边打手势，"这种事，只有人类才会做啊。"

我一手推车，一手扫货，没空与他交流。走过一排货架，推车里都堆满了，我才停下来，说："我想试试别的口味。"

老詹姆摇摇头，"这不符合我们丧尸的设定。你是不是昏了头，还是说，你身上的索拉难病毒又变异了？"

"我只是想试一试。"

"如果发现好吃的，记得告诉我，"老詹姆表示理解，顿了顿又补充说，"最近空气里的人味加重了，恐怕是人类幸存者又想来袭击，你要注意，最近很多丧尸被他抓过去了。"

我一愣，"人类抓我们干什么？"

"谁知道？人类的想法太多，我们猜不透的。还是当丧尸好，这么单纯，脑袋里只想一件事，就是咬人。"说完，他把烟揣在兜里，迈着僵直的步伐，走出超市。

等他走后，我推着装满食物和水的小推车，走出超市，穿街上楼，回到了家里。我腿脚的肌腱也硬化了，上楼的时候，只能边爬楼边拉着推车。每上一阶，推车就颠一下，等回到家里，推车里的东西散落了一大半。

但即使只剩下这么少，当吴璜看到它们时，还是露出了惊喜的笑容。

吴璜就是那个藏在我房间里的女孩，也是照片上的女孩。

我第一眼看到她时，肚子里的饥饿感轰然一声，放大了无数倍，席卷全身。我能听到她的心脏在怦怦怦地跳动，像强力的泵，每跳一次，就将新鲜的血液压进身体各处。我也能看到她细瘦的脖子，虽然蒙上尘污，但隐约可见微微凸起的血管，散发着芬芳。

于是，我低吼着扑向她。她惊叫了一声，想挣脱，但别说她了，就算成年男子也无法抵抗丧尸的力气，她最终只能挥舞双手，徒劳地拍打我的肩膀。

就在我将牙齿刺进她脖子的前一瞬间，她打中了我的右肩。那股麻痒的感觉再次出现，脑袋里电流滋滋，鸟从浓雾中振翅而出，照片上依偎的男女历历在目，背景里的海浪缓缓起伏。然后，饥饿感如海水退潮，缩回胃中。

我放开女孩，捂着肩膀后退。她蜷缩进墙角。

一个丧尸，一个女孩，就在这么在幽暗的房间里对视。

"别害怕。"我打着手势，但她眼中依旧布满惊恐，这才意识到她不懂我们丧尸之间的交流方式。我想了想，从破旧的口袋里掏出照片，举在脸旁边，然后指了指照片上的我，又指向照片旁边我这张僵硬的脸。

"阿辉？"女孩迟疑着说。

原来我叫这个名字。我有些无奈地想，老詹姆说得没错，我生前的确是个普通人。我把照片放在女孩手里，在手心慢慢写字："你认识我？我们是什么关系？"

女孩攥着照片，长久地看着我。屋子里慢慢暗下来，但她的眼睛闪着幽光，像海面上将逝的点点波纹。过了一会儿，她说："你是阿辉？"

我点点头。

"你都忘了吗？"

我写道："只记得在这间房子里住过。"

她盯着我的脸，说："我叫吴璃，你叫阿辉，我们是一对恋人。你说你要保护我，但你去外面打探消息，就再没回来过。我在这里已经等了半年。"

在她的诉说里，我们的故事非常平淡，是这场末世浩劫里随处可见的生离死别——丧尸潮袭来时，我和她已经囤积好了食物和水，打算躲在房子里，等军队解救。但过了一周，外面毫无动静，于是我跟她说："我去外面看一下，说不定军队已经把丧尸赶走了。"她拉着我的手，不让我出去，我笑了笑，拍拍她的头说："我会回到你身边。我会保护你的。"然后我出门离开，留她像小鹿一样待在黑暗里，就再也没有回来过。这期间，她省吃省喝，但也即将粮尽水竭。就在她陷入绝望之际，我重新出现了，却是以丧尸的身份。

"你放心，我说了会保护你，"我在她的手心里慢慢写着，"就会保护你的。"


吴璜拧开矿泉水瓶盖，咕咚灌进嘴里，喝得太急，呛了好几口。

我想拍拍她的后背，但刚一动，她就往后缩了缩。我理解，毕竟人尸有别，便坐回原地，又给她递了一瓶水。

她吃饱喝足后，抹了抹嘴，长舒口气，对我说："谢谢你。"

我拿起笔，在纸上歪歪斜斜地写道："没关系，反正我不吃这些东西。"

"那你吃什么？"她下意识问。

我没有回答。她从沉默中读出了我的答案，于是，沉默加倍了。风吹进来，纸屑在地板上摩挲，沙沙声格外响。

"但我不会伤害你。"我把这几个字写得很大。

她点点头，说："你跟他们好像不一样。其他丧尸不会思考，如果是他们，一见到我就会把我吃掉。你还会帮我。"

其实丧尸不但有一套专用的交流手势，还都会思考，而且比人类探索得更深。试想，当一个人有着无尽的欲望，却只能每天无所事事地游荡，那他注定了会成为一个哲学家。只是记忆太短，而饥饿感又太强烈，一闻到人类的气息，饥饿就会驱使我们向着血肉追逐，无暇将思考所得付诸笔端——再说了，就算写出来，又有谁会看呢？

但要跟她解释这些，要写好多字，太过麻烦。所以最终我只是点了点头，然后写："我也不太清楚，可能我是一个特立独行的丧尸吧。"

"你真的什么都不记得了么？"她又问一遍。

"嗯，我的脑仁都萎缩了，"我说，"不过你可以告诉我。我想听以前的事情。"

吴璜脸上露出追忆的神色，有点惘然，说："我们是在大学里认识的。我们都学医，但你比我高一级，在学院的迎新晚会上，你第一次见到我。我在舞台上跳了一支舞，我不是主角，主角是一个高个子腿很长的学姐，但你看到了我，鼓起勇气到后台找我要联系方式。然后整个大学阶段，我们经常见面，但一直没有在一起。后来我读研究生，你辞了大医院的工作，在我学校旁边的小诊所里上班，我才知道你的心意……春天的时候，我们会出去郊游，你不会开车，就骑自行车载我，可以骑很久很久……"

她的声音在小小的房间里回荡，每一个字都像是蜂鸟一样，在我已经僵化的耳膜上回荡。我边听边遐想，她述说的内容格外陌生，仿佛是另一个人。我有些悲伤——的确，在被咬中的那一刻，我就死去，成了另一个人。我现在徘徊在死亡之河的另一岸，听着河流彼端的往事，已经不再真切了。

但我喜欢听。

接下来很多日子，我都没有在城市里晃荡，而是待在屋子里，听吴璜说起从前的事情。她的声音逐渐将"阿辉"这个形象勾勒得清晰，让我得以看到我在彼岸的模样。有时听着听着，我会扯动嘴角僵硬的肌肉，露出微笑的表情。

当然，偶尔我也会下楼，去帮吴璜收集新的食物。城里超市很多，不费什么工夫就能找到，只是碰到其他丧尸，难免要撒个谎，尤其是对老詹姆。

"你怎么还在吃这些垃圾食品？"有一次，老詹姆拦在我面前，两手划动，"垃圾食品对身体不好，你要少吃一点。"

"抽烟也有害身体健康，你少吸点。"

"我又不过肺，不会得肺癌的，"他说，"我的肺早就烂掉了嘛。"

我们对视一眼，都笑了。不同的是，他摆摆手，用手势表达微笑，我却下意识扬起嘴角。

"咦，你还会笑，我们脸上的肌肉不是坏死了么？"他惊异地看着我，手指连划，"别说，你的脸色看起来也比我们亮一些，垃圾食品真的这么好？"

他从推车里抓起几包薯片，放进嘴里干嚼，碎屑从他脸颊的破洞里漏出来，纷纷洒洒。"不好吃嘛，"他比画着，抬起头，天边雷声隐隐，一场大雨即将落下，"快下雨了，是春雨呀。"说完就拖着步子走开了。

其他丧尸就好应付多了，只是打个招呼。他们永远在用手势述说着自己的饥饿。说起来也奇怪，认识吴璜之后，长期以来折磨我的饥饿感，这一阵都蛰伏着，如拔了牙的毒蛇。"看来你在哪里吃饱了。"他们说着，表示羡慕。我发现，他们的动作比以前慢得多，可能大雨将至，空气里潮气很重，犹如凝胶。当然也可能是因为太久没有狩猎了，身体变得更加僵硬。

不过这不关我的事，雨天令人不安，我更担心独自留在家里的吴璜。

刚进楼，滂沱大雨就唰唰落下，闪电不时地撕扯夜空。电光亮起时，一栋栋高楼露出巨大而沉默的身影，如同远古兽类，很快又躲进黑暗里。丧尸们不再游荡，纷纷躲在屋檐下，呆呆地看着雨幕。我们当然不怕淋雨感冒，但雨水会冲刷掉我们身上的泥土和血迹，还有伤口里复杂的菌群。这就有点儿难受了。就像老詹姆说的，这不符合我们的设定，试想，谁会接受一个干干净净眉清目秀的丧尸？

今晚的吴璜有些反常，食物和水没怎么吃，一直盯着外面发呆。

"怎么了？"

她目光从纸上移开，盯着窗外的雨，突然说："我身上很脏，我想洗澡。"

她已经在房子里待了半年，吃喝拉撒都在狭小的空间，身上满是脏污，充斥着异味。虽然我并不介意，但她终究是个女孩子。我想了想，说："我去给你多找点矿泉水来，你可以洗。"

她却指了指窗外大雨，"我想出去，在雨中洗。"

"那太危险了！"我着急地说。难以想象，要是其他丧尸看到她，会怎样疯狂地朝她蜂拥咬来。

"你会保护我的，不是吗？"她看着我，闪电落下，她的眼睛里光辉熠熠。

在这样目光的注视下，我有些不自然，幸亏脸上血管干枯，否则看起来一定脸红。我想起我的确说过要保护她，但食言了半年。我无法再拒绝。

"那就去天台吧。"我想了想，写道。大雨滂沱，会掩盖人类气息，而丧尸们又不愿意爬楼，应该看不到天台。

我们爬到楼顶，推开天台的门，走进雨里。雨水在我身上流淌，流进右肩的伤口里，麻痒感更加剧烈了，像是有什么东西正在伤口里挣扎、撑开。但我顾不得这道伤口，睁大眼睛，看着雨幕中的吴璜。

她仰着头，一头黑发如瀑，脸庞在雨水冲刷下变得白皙。她似乎仍不满足，解开了衣服，半年来积累的污迹融化，原本雪白的肤色显露出来。她有着这样美好的身体，骨骼微微凸现，皮肤下血肉充盈，水流划过的，是一道道美丽的曲线。

成为丧尸以后，我就对人类失去了审美，肉体只分为能吃和不能吃。但现在，我知道了自己是多么丑陋。一股不同于饥饿的欲望在我身体里蓬勃着，我微微颤抖，牙齿龀出——这不是我的错，谁叫她如此鲜活而我又如此干涸，谁让她如此饱满而我又如此饥饿？但我刚要迈步，肩上疼痒复发，压住了这股欲望。

一道闪电照下，她的身体被照亮。那一瞬间，她也发出了光,照进我枯萎的视网膜中。接下来的日子里,这道光再未被抹去。

洗干净后,她哆哆嗦嗦地跑过来,回到家里。我给她找出干衣服换上,她的头发湿嗒嗒地垂在颊边。"谢谢你,"她一边用衣布擦着头发,一边说,"现在舒服多了。"

我正要写字回复,房门突然被敲响。

吴璜脸上的笑容凝固了。

"你先进卧室,"我慢慢在纸上写,"关好门。"

她拿起自己的衣服,轻手轻脚走进卧室,把门合上。我先把窗子打开,让风雨透进,再过去开门,门外露出老詹姆的脸。

"你来做什么?"我问。

他刚抬起手,鼻子突然抽动了一下。丧尸虽然不需要呼吸,但嗅觉依旧灵敏,尤其是对生人的气息。他走进房子里,左右四顾,脸上逐渐癫狂。我拦在他面前,再次问:"怎么了?"

"你屋子里,好像有……"他比画到这里,窗外突然火光一亮,随之而来的还有轰鸣巨响。我开始以为是闪电,但屋子的震动否定了这个猜想。这声响也让老詹姆清醒过来,拉着我说,"人类又来进攻了!"

# 3

我在丧尸群里冲锋时，虽然表情狰狞，龇牙怒目，但心里其实很木然，甚至有点无聊。饥饿感驱使着我向那些血肉之躯追逐，理智却是抗拒的。不过理智在欲望面前，往往不堪一击，所以只能用来思考一些其他的事情。

比如，这是人类的第几次进攻？

城市沦陷之后，丧尸布满大街小巷，每隔一阵，人类都会来进攻。当然，结局往往是丢下更多的尸体，有些成了我们的食物，有些成了我们的同类。

但今天有点意外。

人类出动了重型武器。战机如枭鸟一样掠过雨幕，丢下一枚枚炮弹，火焰如花般绽开，而被气浪掀起的丧尸，组成了燃烧的花瓣；坦克布成一排战线，轰隆隆前行，炮口不断地吐出火光，把冲锋的丧尸撕扯成残肢碎体；士兵们持枪拿盾，喷吐的火舌几乎串成了一条线，照亮了街道……总而言之，今夜的人类，有点儿猛。

"他们今天怎么了？"老詹姆在旁边跑着，嘴里咆哮，表情狰狞，眼睛里却满是困惑，冲我打手势问道。

"不知道啊，"我边跑边回复，"可能是孤注一掷，绝地反击吧。"

"真让人感动，像是好莱坞大片结局的时候，就是不知道主角是谁，我想过去跟他打个招呼。"

"可惜我们不是观众，也没有站在布拉德·皮特 那一边。"

老詹姆一把撞开警盾，从人堆里抓出一个瘦弱的男子，咬住他的喉咙，然后扔到一边。"说起来，好久没看电影了，"他继续撞着警盾，回头冲我说，"你说我长得这么帅，生前会不会是个演员？"

"不是教授或者作家吗？"

"还是演员好，教书能挣几个钱？写书就更别说了。"

就在我们一边凭本能冲杀，一边凭本性聊着白烂话题的时候，那个被咬的瘦弱男子从地上爬了起来，身体略有些僵硬，也冲向人堆。他的眼睛一片血红，龇着牙齿，喉咙伤口流出的血已经变黑，很快就凝固了。

"你们好，我是新来的，"他打着手势，友好地向我问道，"这边有什么规矩吗？"

"不要去撞枪——"我提醒道，但"口"的手势还没打完，一架加特林机枪的炮口就扫中了他，大口径子弹以及携带的巨大势能，将他撕成两片。

正杀得难解难分时，人类阵营里站出一个魁梧的中年军官，他浑身被雨水淋透，脸上却满是坚毅。他挥了挥手，军队中立刻扔出一些拳头大的气罐，落地后喷出大量紫色气体。

我正疑惑，周围的丧尸们闻到气体，动作突然变得缓慢。仿佛空气密度一瞬间增大，挡住了他们。

"罗博士的研究果然起作用了！"人类阵营里爆发出振奋的声音，"杀了这群魔鬼！"

魔鬼？也许他们忘了，我们曾经也是他们的朋友、邻居或亲人。病毒把我们拉到了黄泉之河的另一岸，但病毒并不是我们研发的。

当然，丧尸没办法跟他们解释这些。我们能做的事情，就是继续往人堆里冲，但周围很多丧尸的动作变慢了，使得人类炮火的命中率大大提高。

丧尸潮一下子被遏制住。

"希望就在今夜，就在这正义的雨幕之中！"军官拿着喇叭高声喊道，"我们研究的药剂奏效了，从此以后，人类在这场战争里将不再处于弱势！杀吧，把你们的愤怒和炮火就向丧尸们倾泻过去，今晚，我们要收复这座城市，让文明重新降临世界！"说完，喇叭里播放出雄壮激昂的音乐，如同战鼓，引导着人类向我们开火。

老詹姆点点头，冲我打手势道："看来这一位就是人类的主角了。"

"是啊，连 bgm（背景音乐）都有。"我说，"在电影里，出现这种背景乐的话，一般都到了大结局，主角要赢了的时候。"

"赢了也好。我们这种群演，也该收工了。"

说没说完，军官脚底打滑，从战车上摔下来。一个丧尸正好扑过去，咬中了他的手臂。很快，军官再爬起来，红着眼，扑过去咬他的副官，被副官一下子轰开脑袋。

我和老詹姆面面相觑，彼此都有些尴尬。

"布拉德·皮特"一死，人类就乱了阵脚。加上丧尸实在太多，哪怕动作变得迟缓，也如潮如浪，一波接一波。天快亮的时候，雨也停了，人类开始整齐地撤退，丧尸们追了过去，撕咬一阵，距离就拉开了。

"人类真是善良的物种，"老詹姆看着满地狼藉的战场，脸上有种丰收的喜悦，"定期给我们送粮食过来。"

人类撤退后，新鲜血液的气息散开，我的饥饿感顿时焉了，对满地血肉也失去了兴趣。取而代之的，是来自肩膀的麻痒，仿佛有小虫子在那道伤口里噬咬着。"怎么回事？"我挠了挠，麻痒的感觉更加强烈。

"对了，"老詹姆没有留意到我的困惑，想起了另外一件事，"为什么人类释放了那种紫色气体，他们的动作就变慢了呢？"

"可能是……一种新型武器吧。"

"但我们俩为什么没有影响？"

我想了想，说："不知道，说不定人类在谋划什么，可能是大招。"

老詹姆点点头，说："希望吧。每次人类撤退的时候，都留下这么多尸体，人类越来越少，万一哪天我们真的赢了怎么办？万一这颗星球上布满丧尸，没有活人了，那——"

"你放心，"我安慰道，"那样就违反了影视剧创作规律，是不会发生的。"

"也是，在所有的故事里，我们都会被消灭，只是早和晚的区别。"

回到家，吴璜好奇地问我发生了什么。

此前人类进攻的规模都不大，她又一直胆战心惊地躲在房间里，所以从不知道人类会试图收复城市。甚至，在她的想象中，整个世界已经全部沦陷，她是唯一没被感染的人类。而她没有被绝望杀死，活下去的动力，就是我离开之前对她说的话——

"我会回到你身边。我会保护你的。"

原来我生前能说出这么厉害的话，试想，哪个女孩子听到这句话不感动？连我自己听到了，心里都微微发颤。

吴璜见我发呆，又问一遍。

我回过神，连忙跟她讲了人类进攻的事情。

听完之后，她若有所思地点点头，晨曦中，她的眉头微微皱起，像是春天里长满绿草的山丘。这种情绪一直影响着她，后来她跟我讲以前的事情时，也有些心不在焉。我想她整夜担惊受怕，应该是累了，就让她休息，自己下楼回到了街上。

经过一夜的战斗，城市里更加狼藉，但对丧尸来说，一切都没有区别。血液干涸后，我们不再受饥饿驱使，继续无所事事地在街上闲逛。

太阳从高楼间探出头，微红的光斜照而来，像洒下了脂粉，将大街小巷都染得晕红。我们仰着脑袋，看向朝阳。

"真美啊。"我说，"让我想起了一首诗，日出江花红胜火，日照香炉生紫烟。"

"是啊，像是一张天边的山水画，有一种毕加索印象派的风格，让我想起了著名绘画《日出·印象》。"老詹姆跟着打手势说。

旁边一个少了一只手的丧尸艰难地比画道："我记得，毕加索好像是画油画的吧？"

"而且《日出·印象》，应该是莫奈的作品。"另一个脑袋被炸飞半边的丧尸想了想，慢慢挥舞手臂，说，"毕加索是现代派，我记得以前上艺术史的时候学过。"

就在他们讨论艺术的时候，我沐浴在朝霞中，肩上的异物感又出现了，而且比之前更加强烈。我正要伸手去摸，老詹姆从我身后绕过来，惊讶地打着手势："你看你肩膀后面，长了一朵花！"

半脑丧尸找来镜子，和独臂丧尸一前一后，对照给我看——我右肩的伤口依然裂开着，灰白脏污，但在腐烂的肉缝间，居然颤巍巍地长出了三片绿叶，以及一朵花苞。

两片叶子只有指甲盖大小，簇拥着淡蓝色的花苞。花苞还未开放，像沉睡的婴儿。但可以看到最外面的花片上，隐隐有几丝血色的脉络。它们都连在一根细茎上，而细茎扎进伤口裂缝，可以想见，它的根须正在我肩上的腐肉里缠绕缩紧。

"哇，丧尸的身体居然还能孕育生命？"独臂丧尸非常兴奋，"这是大自然的奇迹！"

半脑丧尸也说道："看样子，应该你的肩膀被划伤时，种子恰好落到了你的肉里。我们是丧尸，伤口不会愈合，腐肉正好提供了营养，而昨晚下雨又落进了水分，让它生根发芽，并且开花了。种子的生命力很强，我记得以前上生物课的时候学过。"

独臂丧尸说："你怎么懂这么多？"

半脑丧尸说："因为我以前是写科幻小说的，要查很多资料，所以都涉猎一点。我的笔名叫阿……阿什么来着？"

独臂丧尸说："阿西莫夫？"

半脑丧尸刚要高兴，又觉得哪里不对，犹豫着比画："我记得好像是两个字……"

老詹姆见他们越扯越远，连忙打住，问："你们认得出来这是什么花吗？"

两个丧尸看了半天，摇摇头，认不出来。他们携手离开，边走边讨论艺术和文学。

老詹姆说："这些天你肩上不舒服，多半就是因为这个，要我给你拔下来吗？"

我连忙拒绝。"既然这是生命的奇迹，又是生物学的胜利，那我应该珍惜。我要养着这朵花，等它开放，看它结出什么果。"说着，我继续站在街上，让肩膀冲着太阳。

绿叶在微风中招展，蓝色花苞在阳光里轻轻晃荡。

晒到了晚上，我又去屋檐下给它滴了几滴水，这才小心**翼翼**地往家里走。我迫不及待地想跟吴璜分享这件事。在死得不能再死的丧尸身上，能长出花来，这是生命和死亡的较量，有一种残酷腐败又坚韧的美感。

但我还没来得及写，她就一把抓住我，满脸兴奋。

"我要离开这里，"她急切地说，"我要回到人类里去！"

# 4

我和老詹姆在海边徘徊，不远处，空荡荡的小船起伏。

一颗石子被我踢起来，咕噜滚动着，跳进海里。粼粼海面上冒起一个水泡，随即被波浪淹没。我看了一会儿，又踢了一块小石头下去，老詹姆见状，也踢了一脚，他的石子落海比我远。我不服气，下一脚加大了力气。他好胜心也起来了，一脚大力迈出，却踢到了台阶，咔嚓一声，应该是趾骨折了。

他皱了皱眉头，掏出烟点着，烟头火光明灭。

"你说，爱情是什么东西？"我突然问。

老詹姆显然愣住了，说："你今天这个话题有点生猛啊，果然是春天到了。"

"那你说，丧尸会有爱情吗？"

"应该没有吧，"老詹姆指了指不远处一个来回走动的女性丧尸，"你会对这个女丧尸有兴趣吗？"

我瞧过去，那个女丧尸身段玲珑，腰细腿长，生前肯定是无数人追逐的对象。但她现在浑身灰暗，左眼眼珠脱眶垂下，下巴掉了一半，长腿上满是伤痕。我摇了摇头，说："没有兴趣，"想了想，又补充道，"不是我没有兴趣，我是帮我一个朋友问的，他最近有爱情方面的困扰。"

"咦，'我有一个朋友'，这个开头好熟悉……这好像是一个什么梗……"老詹姆使劲想了想，却回忆不起来，摆摆手说，"总之爱情通常需要两个人，那你看，你这个朋友对女丧尸都没有兴趣，爱情从何而来？"

"要是我这个朋友喜欢的不是丧尸，而是人类呢？"我小心翼翼地说。

他长久注视着我，烟头闪闪发光，眼睛幽幽发亮。在这三点光亮之间，我看到了答案。我做出叹息的手势，无奈道："那我跟我这个朋友转达一下，劝他放弃。"

"是啊，连丧尸都瞧不上丧尸，更别说人类了。"老詹姆点头，"而且人类和丧尸之间，不仅仅是物种隔离的问题，是一碰到就要互相杀死的矛盾。"

我脑子里灵光一现，说："即使那个女孩不喜欢我这位朋友，但只要他们能在一起，不分开，是不是也是一种幸福？"

老詹姆摇头，"你错了，爱是成全，不是囚禁。幸福是自由，不是一厢情愿。如果你的朋友不能使女孩爱上他，那他只有一个办法。"

"什么办法？"

"吃掉她呀。"老詹姆摆摆手，一副理所当然的样子。

"有没有不那么丧尸风格的解决办法？"

老詹姆沉默了一会儿，说："那就送她离开，让她去追寻自己的幸福，因为爱是成全，不是囚禁，幸福是……"

我打断他的话，独自站在晚风中沉思。面前的大海逐渐隐入黑暗，风变冷了，潮水起伏，小船逐渐与海浪融为一体。

是夜，雨后天晴，明月悬空。

走出楼道口的时候，我抬头看了一眼，月亮悬垂在两栋高楼之间，洒下清辉。我转头看着身边的吴璜，她被月光照着，有些发抖。因此，她脸上那些粘上去的腐烂皮肤、坏死眼球和枯萎头发，也跟着在抖动。

"没关系的，"我抓着她，在她手心里写着，"不要害怕，学着我的步伐走，呼吸尽量放慢。"

她仍旧紧张，说："我——"又连忙闭嘴，改成在我手上写字，"我们能成功吗？"

"放心吧，一定可以的。"

她深吸一口气，然后皱着眉缓缓吐出。我知道，她身上涂满了气味浓烈的中药药剂，直接吸进鼻子里，肯定也不好受。但事已至此，没有转圜余地了，我往前迈一步，她也跟上来，学着我僵硬的步调，拖着腿走上街道。

街上站满了丧尸，正呆滞地走动着。我们一出现，就引起了一阵无声的骚动——尽管中药遍体，但也不能完全压制住吴璜的气息。但好在刺激浓烈的药味在街上弥漫，丧尸们一时也分辨不出人的气息从何而来。他们伸着鼻子，缓缓转动，我和吴璜小心地从他们中间走过去。

"哎，你闻到什么了吗？"一个丧尸冲我比画，"似乎有人类的味道……"

我回道："应该是昨晚人类进攻留下来的吧。"

"不至于呀，该死的都死了，不该死的都成丧尸了。哪里会有活人呢？"他挠着头，满脸迷茫。

我不再理他，继续往街道尽头走。吴璜亦步亦趋地跟着。

我们从一个个疑虑重重的丧尸间穿过，缓慢，但很顺利。走了快一个小时后，空气里腥咸味加重，我顿时振奋起来——只要走到海滨大道，沿着路往前，就会很快进入一大片湿地红树林，那里丧尸就会少很多。而穿过红树林，就是人类的营地，吴璜这一趟冒险的终点。

我悄悄瞥向她，满面血污和腐肉的掩盖下，她的表情也不再那么紧张。

这时，一只手拍了拍我肩膀。

我回过身，先是看到一个点燃的烟头，红光后面，是老詹姆的脸。

"你去哪里？"他问道。

他拍的正是我的右肩，我灵光一现，说："我晒一晒这朵花。"

"晒花不是在白天么？而且月光晒什么，这又不是夜来香。不过它长得好快啊，恐怕这几天就要开了。"

我扭过头，从这个角度已经可以看到小花苞颤颤巍巍地探了出来，快到我耳朵的高度了。这朵花确实比一般植物的生长速度快许多，不过也可能是我身上营养丰富。这么想着，我不知道是该得意还是该无奈。

见我不答，老詹姆接着问道："对了，我想起来，你那位朋友的爱情怎么样了？"

我突然有些伤感，说："他听了你的建议，也认为爱是成全，不是囚禁，幸福是自由，不是一厢情愿。所以他决定放手，让那个女孩去追求爱和幸福。"

老詹姆摆了摆手，说："嗨，我其实都是瞎说的，真正爱她，那就追求她，一不要脸，二不要命。我们丧尸既没有脸皮，也没有生命，简直是为这句话而生的。"

我慢慢打着手势，"那你他妈怎么不早说？"

"哲理嘛，都是因人而异的。"

事已至此，我也无法回头，三言两语打发了老詹姆，继续向滨海大道走去。沙滩上的丧尸们并不多，远处的红树林如一片阴翳，这见鬼的一夜终于快到头了。见我摆脱了老詹姆，吴璜悬着的心也放了下来，长舒口气。

我的眼皮一跳，想要阻止，却已经来不及了。

她的嘴唇微微嘟起，吐出漫长的气息。

老詹姆鼻子抽动，在浓浓的中药气息中，嗅到了她的呼吸。他的喉咙发出咕咕怪声，脸上僵硬的肉抽动起来，变得狰狞。这副模样我太熟悉了，一步跨过去，把吴璜推开——下一瞬，老詹姆就扑到了我身上。

快跑！我无法写字，但眼睛狠狠地看过去，吴璜也瞬间明白了我的意思，大步往红树林跑去。她一动，所有的丧尸都闻到了活人的气息，仿佛一场瘟疫在传染，他们躁动着，手脚并用，向吴璜包围过来。

去往红树林的路上，被丧尸堵满了。吴璜停下来，绝望地回首看我。

我把老詹姆推开，左右四顾，一下子看到了海滩上那条载沉载浮的人力船。丧尸不会游泳，我想着，立刻拉住吴璜的手，向海边跑去。

四周响起的脚步声汇聚在一起，盖过了海潮。那些刚才还木讷闲散的脸上，此时都换成了疯狂，如果吴璜被他们抓到，恐怕只一瞬间就会成为碎片。这样想着，我加快了脚步，吴璜几乎是被拉着跑了。踏上台阶时，她摔了个趔趄，小腿在台上磕出了血。

血腥味被海风裹挟，四下吹散，丧尸们如同被注射了兴奋剂。他们前赴后继，不断有人摔倒，后面立刻有丧尸踩踏上来，再摔倒，又被更后面的丧尸踩住……很快，他们组成了两米高的尸潮，向我们滚涌而来。

老实说，在闻到血腥味的一瞬间，我也产生了动摇。但肩上的花在招展，牵着的手格外温润，饥饿感只涌上了一瞬间，旋即被压制住。

在被尸潮淹没前，我一把扯开了拴着人力船的细绳，带着吴璜跳了上去。小船只能容两三人，一跳而下，差点侧翻。身后，尸潮滚落，溅起水浪，正好推动小船向海里荡去。我抓起船桨，对准靠得最近的一个丧尸狠狠砸下，借力再把船撑动。砸了之后我才看清，这个倒霉丧尸正是老詹姆，他手里比画了一下："你就不能砸别人吗？"又继续狰狞着冲上来，但立刻被后面的丧尸压进水里。

我知道他心里是不愿意来阻止我的，其他丧尸也如此，但他们的身体被饥饿攥住了，不由自己。我看到老詹姆从尸潮里重新钻出，张开黑牙，奋力来咬我，但他的手势却是："哎呀，我就知道你那个朋友就是你自己。"

另一个冲到最前面的丧尸咬住了船板，被我一桨砸开，沉进水里之前，他用手势说道："你要离开我们了么？"

"快划，划深一些，我们就抓不住你了。"一个丧尸张牙舞爪扑过来，手指却比画出这样的意思。

"你是为了这个女孩离开我们吗？"

"希望你幸福。"

"啊，好险，刚刚差点抓到船板了。"

"水里好凉呀。"

……

我和吴璜把船撑到离岸二十几米外的地方，尸潮才逐渐被海水吞噬，势头减缓，后续冲过来的丧尸都沉到了海里。我们再划了十几米，回头去看，只见海面上立着一片密密麻麻的丧尸脑袋，凶狠地看着我，但他们努力将手抬出水面，手指由内而外甩动着。

吴璜精疲力竭，气喘吁吁地靠在船板上。我继续划桨，确定丧尸们彻底追不上来之后，才转身抬着手，手指甩动。

"你们在干什么？"

我拉过她的手，在她掌心里慢慢写道："在道别。"

# 5

经过了担惊受怕和亡命奔逃，吴璜很快就感觉到体力不支，蜷缩在狭小的船舱里，沉沉睡去。我怕她着凉，脱下了衣服，小心盖在她身上。她已经洗净了丧尸的伪装，这样睡去的模样，像是某种小动物。小船微微晃动，仿佛摇篮，她在睡梦中露出了一抹浅笑。这是我认识她这么久以来，第一次见到她笑。

我看了许久，抬起头，猛然看到一轮巨大的圆月垂在海面上。

我从没见过这么大的月亮，快要占据了我视野的一半，而且它垂得这么低，仿佛伸手就能摸到。月光亮得出奇，落在海面，被波浪揉成星星点点；另一部分月光落在我身上，我上身赤裸，月辉如同水流，在僵硬腐烂的身体上流淌。我看看吴璜的侧脸，再低头看着自己的身体，美好与丑恶的区别如此明晰地被月亮照出来。我不禁沮丧，但好在我身上还有一朵花，可以勉强扳回一局。我看向肩膀，不知是不是错觉，肩上的肉竟然阴影有一丝鲜红的血色。

正要细看时，船旁的水面哗啦一声，一个脑袋挣扎着冒了出来。

"老詹姆？"我大惊，向他打着手势。

老詹姆在水里扑腾着，有气无力的样子。我警惕地往四周看，见跟上来的只有他一个人，才放心下来。水花声把吴璜吵醒，看到老詹姆，她又惊又害怕，但看了一会儿，突然说："他好像被绳子给缠住了。"

我这才看清，原来是我划船逃离时，船尾的绳子正好缠上了老詹姆的双臂，将他拖进海水里。他手臂被捆，无法拉扯绳子上浮，加上血肉僵化，很快就沉进水里去了。但丧尸的生存并不依赖于呼吸，所以他一直没死，刚刚凭借最后的力气转动身体，让绳子一圈一圈地缠在腰上，这才浮出水面。

但他也等于将自己捆成了粽子，只有头能动，恶狠狠地盯着吴璜。

吴璜现在不再害怕，哼了一声，伸手去解船尾的绳扣。

我犹豫一下，伸手拦住了她。

"你解开绳子，他就会沉下去，"我在她手中写字，"海底辨不清方向，他可能成为鱼食，会死的。"

"他是丧尸，已经死了。"她顿了顿，声音变低，"对不起，我不是说你……你跟他们不一样……"

我沉默了一会儿，说："他是我的朋友。"

"那怎么办呢？总不能把他拉到船上来吧，船这么小，而且他肯定要咬我。"

我一拍脑门，"既然这样……"

几分钟以后，老詹姆身上的绳子被打了死结，捆在船侧，身体与船平行。他被绳子吊着，没有沉进海里，刚好能仰面漂浮。他的鼻子浮出来时，能闻到吴璜的气息，所以他的表情依旧凶恶。

"丧尸的生命真是神奇，这样都能维持生命，要是人类，早被淹死了。"

我在她手里写下了"病毒"两个字。

她点点头，"是病毒改造了你们的身体，让你们的细胞产生变异，不再需要氧气，就像厌氧菌一样。"随即，她又陷入了思索，"但奇怪的是，既然不需要有氧环境，为什么病毒会对血肉产生亲和性，让丧尸见人就咬呢？还有，既然不能尽量有氧供能，你们行动的能量从哪里来呢……难道是光合作用？可是你们身上没有叶绿体呀。"

她说的话我大多都听不懂，但听到最后一句，我高兴耸了耸肩膀，写道："叶绿体，我有叶绿体。"

她凑过来，看着我肩上长出来的花苞，脸上表情变换。看了许久，她问起这朵花的来历，我想起那个独臂丧尸的话，回答道："有一次在追活人时，肩膀被树枝划开了，可能种子就落进去了吧。"

"我不认识这种花，"借着月光，她再次端详，摇摇头道，"但我学的是中医，又在这座城里长大，可以肯定，这不是本地的物种。"

我顿时高兴起来，说："那我要好好养着它，等它开花结果，到时候就知道这是什么花了。"

吴璜看着我，"阿辉，你真是个与众不同的……丧尸。"

正说着，船侧传来一阵水花声，我凑下去一看，是老詹姆在挣扎。他瞪着吴璜，十分狰狞，但他被捆在腰间的手，慢慢划动，用别扭的手势说道："是啊，他一直是个与众不同的丧尸，所以才会喜欢你。"

吴璜已经知道了丧尸之间有独特的手语，见状问道："他在说什么?"

我连忙写:"他夸你很漂亮。"

"他不是要吃我么?"

我解释道:"是病毒要吃你,我们的身体虽然每次都去咬人,但心里其实还是不愿意的。不过也没有办法,病毒太强大了,所以我们只能一边咬人,一边用手势交流。"

"那谢谢你的夸奖。"吴璜冲老詹姆说,后者以低声的咆哮回应。她又看向我,说:"你们的手势跟人类手语不一样,吃饭怎么表达?"

我用右手拍拍左胸。

"那走路呢?"

我双掌合十,拍了三下。

"撒谎呢?"

我用右手中指按着太阳穴,揉了一圈,又在她手心上解释道:如果一直说谎,手就不放下来。

吴璜皱起眉头,"奇怪,这种语言既不是基于哪种已知语系,也不是出自生活经验……这么说起来,虽然你们变成丧尸,声带僵化了,但并没有忘记文字和语言,甚至还有自己的交流方式。还不用呼吸,体力也大了很多。要不是丧尸喜欢咬人,简直就是人类进化的高阶版。"

我还没有想过这个问题，闻言沉思一阵，慢慢写道："但我还是想当回人类，继续跟你在一起，真正保护你。"

吴璜脸上泛起红晕，一副欲言又止的模样，但最终还是保持沉默，别过头。

月轮垂得更低，像一个巨大的橙黄的玉盘，盘底边缘已经插入了海面。小船随浪起伏，驶入明月当中。吴璜侧身坐着，从我的角度看，她逆隐在光晕里，样貌模糊而轮廓清晰。这个晚上，她只是一张被月光裁出来的剪影，轻轻地贴在月亮上。

天快亮的时候，我四下环顾，周围一片幽暗，都是茫茫海水。

糟糕，迷路了。我着急起来，拉起吴璜的手臂，想给她写字。但一拉过来，就觉察到她体温高得异常，再看她的脸，脸颊通红，嘴唇颤抖，眼睛紧紧闭上。

昨晚连续惊吓，加上海水湿衫，她瘦弱的身子终于熬不住，发起了高烧。

怎么办怎么办？茫茫大海，无着无落，没有任何人可以帮忙。我站起来，转来转去，一没留神，跌进海里。

老詹姆在海水里漂浮着，一些小鱼

正在围着他啄食，我跌下来，把鱼群惊散了。下沉之

前，我一把抓住老詹姆，爬上了船，再回头，发现老詹姆已

经泡得发白，身上腐烂的地方都被啄干净了，只留下巨大

的创口。

"你再不把我拉上去，"他的手指慢慢划

动，"我就只剩下骨架了。"

我连忙把他拉上船，绳子却没有解开。

他躺在船尾，贪婪地看着船头的吴璜，

手上却比画道："她好像发烧了。"

"我知道。"

"如果不及时治疗，她会

死的。"

"现在没有药也没有医生，你知道怎么救吗？"

"我知道啊，不需要药物也不需要大夫，有一个很好的救她的办法。"

我大喜过望，连忙比画："什么办法？"

老詹姆缓缓道："趁她还没死，咬破她的血管，让她感染成丧尸。这样她就不会死了。"

"也不会活着了。"我一屁股坐在船舱，缓缓道。

"但至少跟我们是同类了，你们可以天长地久地在一起。"

"你说过，爱是成全，不是——"

"你就当我的嘴巴是肛门，说的都是屁，你怎么就当真了呢！"

我看着吴璜，她的面孔隐在黎明前最深沉的黑暗里，但我依旧能记起她的姣好。不，她不能变成丧尸，而且我对她有承诺，保护尚且没有做到，更不能伤害了。

老詹姆看出我的犹豫，顿了顿，再次移动手指，"既然这个上上之选你不用，那就只能用下下之策了。"

我木然地看着他。

"往岸边划去吧，带她去人类阵营，那边会有药物。"

我摇头比画："别讽刺了，现在海岸在那个方向都不知道，怎么划回去？"

老詹姆努力伸着脖子，他下巴所指的方向，有一颗星星正一闪一闪。那是黑暗里唯一的光亮。"这是启明星，这个季节出现，是在南方。我们要划回岸边，是在西边，你对照着它划就行。"

我大喜，"你怎么不早说！"

"因为我还不想死在人类手里，"他慢吞吞地说，"真正的死。"

的确，如果送吴璜回人类营地，人类要做的第一件事并不是救她，而是杀了我和老詹姆。这个结果我想过，但依旧决定送她离开。我沉默了一会儿，对老詹姆说："死亡，是我们最终的结局。而她还有很长的路要走。"

他的手指动了动，却没表达任何含义，又收拢起来。

我向西边划桨，小船逐渐向岸靠近。天光微亮，远处能看到一大片郁郁葱葱的黑影，应该是红树林。我担心岸边还有丧尸，没有直接上岸，而是加劲再划，绕开红树林，向滨海大道的尽头驶去。朝阳从我们背后升起来。

"再往前，就是人类的势力范围了。"老詹姆说，"你还记得上次人类又来进攻，我们越过那个山坡，一路追过去，冲向人类吗？"

我划着桨，没空回他。

他接着说："你肩上的伤口就是那时候留下的。我们那么多丧尸一起冲，都被人类挡回来了，现在只有我们俩——哦不，我被绑住了，只有你一个，你觉得你能把她送到人类手里吗？"

这个问题也是我所困扰的。人类害怕被咬，一看到我，隔老远就会乱枪齐发，将我打成筛子。但也没有更好的办法了，只能走一步看一步。

小船绕过红树林，靠在岸边。这里曾是个公园，但早已破败，炮弹留下的焦坑随处可见。岸上就是一个斜坡，老詹姆说得没错，上次丧尸追击人类，我就是在这里被一根树枝划中肩膀，留下了伤口。但我环顾四周，一棵树也没有，地上只有烧焦了的树干。初春时节不应该是这样的景象，但战争毁了一切。

"你留在这里，"我冲老詹姆说道，"我送她过去后，再来跟你一起回城里。"

"别想太多，能把她送回去，就已经是极限了。"

我低着头，把昏迷中的吴璜抱起来，走上山坡顶。但刚走没几步，一声枪响便震碎黎明。我一惊，抬头看到一队人类士兵从

山坡的另一边出现，一共六人，挎枪携弹，警惕地看着我们。我站在坡顶，朝阳从我身后照过来，他们逆着光，一时看不清我的样子，只是开枪示警。

看到他们的一瞬间，我腹中又涌起了饥饿感，几乎是下意识想冲过去。但我右肩的酥麻感前所未有地强烈起来，传遍全身，连喉咙都痒了起来。我侧过头，看到了肩上的花，它被清晨的光照着，海风掠过，微微招展。才经过一夜，她的花苞已经张大了不少，色泽更加湛蓝，一些花蕊伸出头来。看着它的一瞬间，那股永远折磨我的饥饿感，消失得无影无踪。

士兵们慢慢包围过来。

这么近的距离，逃肯定逃不掉，那么这个被战火焚烧的草坡，就是旅程的终点了。我想着，把吴璜放到山坡上。她依旧昏迷着，脸上红晕，像是也升起了朝霞。我留恋地看一眼，往旁边走了几米，举起手，示意没有威胁。

士兵们怀疑地走近，看清我的样子后，大惊失色，齐刷刷地举起枪。

我闭上眼睛。下一秒，他们的枪声会响起，但接着他们会发现吴璜还有呼吸，会救起她。

"等等，"有人说，"这个丧尸好像有点不一样。"

"对啊，他为什么没有冲过来？"

"他投降了？"

"第一次看到这么怂的丧尸……"

他们拿枪指着我，疑虑重重。这时，有人看到了岸边的小船，叫道："那里还有一个丧尸……但好像被捆住了。"

一个队长模样的人沉吟道："最近罗博士在征集活体丧尸，正好遇到这两个，一个被捆，一个没有攻击性，白捡的一样……那就都带回去吧。"

他们把我捆得结结实实，又将老詹姆扛了过来。一个士兵打算去捆吴璜，刚碰到她，一愣，手指在她鼻子前探了探，报告说："队长，这个女孩还有呼吸！"

"她不是丧尸吗？"

"应该不是。"

我悬着的心终于落了下来。

然而，队长听到吴璜是人类时，脸上露出失望神色，似乎救助人类远不如俘获丧尸的功劳大。他端详了一会儿吴璜，摇摇头："那她怎么会跟丧尸混在一起呢，恐怕是丧尸的间谍吧。"

士兵说："可能也是被咬了，正在发烧。"

"营地里的药物也不够……那就把她留在这里吧。是死是活，就看她的造化。"

说完，他们扛起我和老詹姆，大步往西边走。我愣了一下，随即挣扎起来，士兵们把合力我按住。队长走过来，狠狠地用枪托砸我的脑袋，皱眉道："刚刚还老实的，现在怎么闹起来了？"

我被砸得一阵眩晕，但梗着脖子，努力看向身后。吴璜躺在山坡上，藏在阴影里，我看不清她的样子。我再挣扎，但被皮带捆着，抵抗不了这几个强壮的士兵，被抬了起来。吴璜的身影被挡住，再也看不见。

我喉咙里的痒变得剧烈，像是种子突破泥土，我张开嘴，大声喊道："等一等！"

士兵们呆住，队长诧异地看着我。连老詹姆也转头四顾，视线最后落在了我身上，他残缺的嘴张开着，久久不能合上。

"求求你们，救救她！"我继续喊着。

然后，自己也愣住了。

# 6

"你给我闭嘴!"队长冲我吼道。

我说:"你不懂的,当一个人失去了一件东西太久,再失而复得时,会格外珍惜,比如爱情和健康,还比如声音。想当年我变成丧尸的时候,身上第一个永久硬化的器官,就是——你的眼睛不要睁这么大,不是别的,是发声器官。我的声带僵化了,从此只能用手语说话。但其实声音是上帝赐给这个世界的礼物啊,鹿鸣鸟语,风声海潮,都是音乐。还有,如果我想跟一个人在一起,我就告诉她,我爱她。哎对了,队长啊,你有没有对人说过我爱你。噢噢,看你的表情,那就是没有了,没关系没关系,还来得及,在你变成丧尸之前……你别打我呀,我只是抒发重新能够说话的快乐,不信你问问这个又老又丑的丧尸——老詹姆,如果你能够重新说话，会不会也和我一样喋喋不休？"

老詹姆打着手势："你闭嘴！"

我说："看来你也不能感同身受。虽然我们有一套手语，但最好的交流方式，还是说话。人长出手臂，是为了拥抱，不是打手势。以前每次我们交流，都只能面对面站着，说实话你可别生气啊，每次看着你我都很难受的，你本来就长得不好看，变成丧尸更丑了，脸上还有个破洞。这些都可以忍，但你说你干吗没事叼根烟呢，你又不能抽。现在好了，我可以不用看你，就直接说话了。你也别生气，如果你长得有吴璜一半好看，我肯定每天跟你说话。吴璜，你说是不是？"

吴璜刚刚苏醒，有气无力地说："求求你，你不要说话了，听着头疼。"

我"哦"了一声，闭上嘴。

一个小时前，我突然张口说话，不但让他们震惊，自己也百思不解。但这也使得我成了最特殊的丧尸，队长立即跟人类营地的长官请示，听称呼，好像是一个叫罗博士的人。罗博士的声音听起来很兴奋，命令队长把我们都带回去。

因为担心遭到丧尸群袭击，人类的营地往西退缩了很远。士兵们配有两辆汽车，但要回到营地，还需要一阵子。我有些担忧，但也没办法，我和老詹姆都被捆住了手脚，绑在汽车后排，动弹不得。

我抗议道："这样不太好吧，很不人道啊。"

队长想了想，点头说："也是，你提醒我了。"说完，让手下士兵把我们关进了后备箱。我跟老詹姆手脚折叠，挤在一起，在黑暗中彼此瞪着。

开了大半天，车子停下。听士兵们的交谈声，是路过了一个荒废小镇，他们打算下车收集物资，顺便吃点东西。

"别忘了去药店，找找退烧药！"我在后备箱里大喊。

队长把后备箱打开，对我说："你为什么会这么关心她，你不是个丧尸吗？"

"我被咬之前，是她的男朋友，"我说，"我要一直保护她的。"

队长沉吟一下，说："那你跟我们一起来。"

士兵解开我腿上的皮带，让我走在他们前面。这也是为了让我去测试危险吧，如果有丧尸出没，我会第一个发现。

我们在破败的街道上穿行。看得出来，这里原来是一个旅游小镇，街道和店面都参考了西式风格。路旁栽种着花木，远处，一个教堂的尖顶在暮色中露出来。这本是极具风情的小镇，但街上一个人都没有，石板路面布满了褐色的痕迹，一看就是血液沉积。商铺橱窗和店门都被砸破，玻璃碎片散落一地。

可以想见，丧尸蔓延时，这里爆发了多么残酷的厮杀。

一个士兵目眦欲裂，恶狠狠地看着我。他的眼神很熟悉，跟丧尸看着人类时的眼神一样。

我有点害怕，缩了缩脖子。

天快黑了，我们在便利店翻找，总算运气不坏，找到了一些食物和水。在我的坚持之下，又在药店里找到了一盒布洛芬。我赶紧回到车旁，看了看布洛芬的保质期，然后灌进吴璜嘴里。

吃了药，加上休息足够，她气色很快恢复了些。士兵们把食物分给她，一起吃着。我被绑在一旁，看着他们大口嚼食饼干，肚子不争气地咕隆了一声。

士兵们大惊失色，举枪四顾。

我惭愧地说："不要紧张，是我发出来的，我饿了……"

"那你要吃我们吗？"一个士兵紧张道，"你终于要露出你的真面目了，我就知道！"

"哦，我想吃饼干。"

士兵们面面相觑，其中一个解开我身上的皮带，递给我一块饼干。我一口口地吞咽掉。久违的饱足感在胃里弥漫。"真好吃啊。"我满足地说。

"你究竟是不是丧尸？"队长怀疑道，"你身上这些伤口，会不会单纯只是溃烂？"

我心里也满是困惑。似乎我身体里也正有一条船，将我缓缓渡回彼岸，脑子里的记忆也时隐时现，浓雾中鸟翅扑振。我正想回答，眼角抽动，见到街对面的店铺里，摆着一架钢琴。

我脑子里咯噔一声，不自觉地站起来，向对面走去。

士兵们警戒地看着我。

我来到钢琴前，按下一个键。这是机械钢琴，不需要通电，但有些受潮，声音有点涩。我又按了几个键，琴声连续响起，如同溪水流动。脑袋里的浓雾被冲散了，记忆的某个角落里，冻土化开，我将琴键一个个按下去，一首钢琴乐流淌出来。


吴璜的脸色依旧苍白，但布满了惊讶。士兵和队长都张大了嘴巴。在我弹琴的时候，他们都没有来打断我。

我弹完后，走回车旁。一个士兵提着皮带，想来绑住我，但队长摆了摆手。我坐在车后排，跟吴璜坐在一起。

"嗨，你之前都没有说，"我很高兴，"原来我生前还会弹钢琴。"

"我……我也是第一次看到你弹钢琴。"

我问："那我是凭什么追到你的？"

士兵们回头看我们一眼，又转过头去。其中一个喃喃道："这年头，又会弹钢琴又会追姑娘，肩上还长了朵花，丧尸都这么风骚吗？"

"其实……"吴璜刚要回答，听到他们的嘀咕，就没有再说话了。

汽车在夜色中行驶，道路破烂烂，所以车速很慢。到下半夜的时候，才到了营地。一排军人站在门口，面色严肃，武器森然。领头的白发军官旁站着一个瘦削的中年男人，头发乱糟糟的，像是几个月没有洗过——或是从出生以来就没有洗过，他戴着眼镜，厚镜片下的眼神却精光四射，灼灼地看着我们。

士兵们对军官敬完礼后，也对中年男人点了点头，低声说："罗博士。"

罗博士却没搭理，径自穿过士兵们，站在我身前。他看了我良久，久到露出癫狂神色，久到我都有点不自然了，才听到他喃喃道："果然有些异常！我要研究！"

白发军官却拦住了他，警惕地看着我。

"先关起来。"军官说。

# 7

　　我被关在一个房间里，一面墙是镜子，另三面都刷得雪白。房间里除了一副桌椅，空无一物，我大部分时间都对着镜子，龇牙咧嘴。有一次我张开嘴，看到我的牙龈居然鼓起来了，上面还有几条充盈的血管，不再像过去那样干瘪成一层枯灰色的皮。

"怎么回事,"我有点不解,"难道我又变成人了?"

这几天,一些零碎的记忆也在恢复。房间的布置很熟悉,我想起来,在很多电影里,审讯房就是这样的,我在镜子上只能照见自己,门外的人却像看透明玻璃一样能看见我。

我冲镜子摆摆手,说:"对面有人吗?你们好……"

可以想象:对面的人一定吓得往后退了好几步。

果然,我这么说之后,门就被推开了。罗博士走进来。他身后有四个士兵,两人用枪指着我,另两人把我绑在椅子上。

我没有丝毫反抗。

"你真的跟其他丧尸不一样。"他搓了搓手,看着我,"你身上发生了什么,是索拉难病毒又变异了吗?"

我说:"吴璜呢?"

罗博士继续看着我,兴奋地说:"但是索拉难病毒的机理我们已经研究透彻!一旦被血液接触,百分百被感染,百分百致死。你的心肺功能、语言功能,消化系统……全部崩溃了,而且照道理是不可逆的。"他对着我上下打量,"你身上到底发生了什么?"

他的话如此急促,像是连珠炮一样,眼神也很渴切,仿佛我在他眼中是一件珍宝,而不是致命的丧尸。真是典型的科研人员，我心里想，但还是问："吴璜呢，她在哪里？"

"噢噢，那个女孩，她很好……"

罗博士说完后，吩咐士兵在把针管插进我的动脉里。我说："别费力气了，我身上没有……"说着，我也愣住了——随着芯杆的上升，一股褐色的液体在针管里出现，虽然很黏稠，但确实是血液。

罗博士的表情也是一片惊喜，迫不及待地拿起注射器，装进冷藏箱，匆匆出门。

看守的士兵们知道我吃过饼干，因此也每天送常规食物进来。他们对我很好奇，我埋头吃东西的时候，会问东问西，回答之后，我也问道："对了，这个罗博士是什么人啊？"

士兵们立刻露出敬意。原来别看罗博士不修边幅，在病毒肆掠前，他就是病理学博士了，好几篇论文都登上了顶尖期刊。病毒爆发后，他一心研究丧尸，寻找解决这场末世浩劫的办法，研制出了许多对付丧尸的药。之前丧尸行动缓慢，就是因为罗博士把僵化药藏在尸体里，漂到岸边让丧尸啃食，再辅以药剂喷雾，才让他们集体迟缓，战斗力大减。

"原来这个书呆子这么厉害啊。"我也不由得佩服起来。

接下来几天，罗博士每天都会来抽一管我身上的血，每次来脸上的惊异之色都会加深。有时候他围着我转，嘴里念念有词，说："到底是怎么回事……长得也一般啊，怎么会如此不同？难道是身上长了一朵花的原因？"

我一听，连忙说："怎么会！虽然你厉害，但这朵花可不是为你长的。"

"那是为谁？"

"是为了吴璜。"我慢慢地说，"我生前的女朋友。"

罗博士听完，若有所思。

也许是这句话起了作用，第二天，吴璜就来看我了。墙面镜被调成透明，隔着玻璃，我与吴璜对视。她看起来很高兴的样子，但嘴里说的话完全被玻璃挡住了，我听不到，不过能看到她脸上的笑容，我也很开心。我肩上的花随着她的笑容招摇。

那天过后，我就很长时间没有看到吴璜了。玻璃外看守我的人，看我的眼神也出现了变化，不再是一味的嫌弃和恐惧，目光中掺杂了一些别的东西。

外面肯定正在发生什么事情，我想，而且直觉告诉我，肯定跟吴璜有关。

这一天，玻璃外看守的人换了班，但下一班人迟迟不来。我有点好奇，推了推门，不料合金门竟应手而开。

我叫了一声，但门外空荡荡的，无人回答。我只得疑惑地前行。廊道里空无一人，直到我走出看守区，都没有见到一个士兵。

我高兴起来，想着去找吴璜，便嗅了嗅空气中的味道，朝生人气息密集的西边走去。

傍晚的天气里，夕阳惨淡，一群鸟在树林间扑腾着。这片营地藏在一片树林中，伐出空地，空地上布置了许多帐篷和板房。我走到一处板房前，耳边都能听到人声喧哗了，迈步进去前又停下了——我这幅相貌，要是进了人群里，恐怕会吓坏不少人。于是我绕开板房帐篷，沿着周围的树木转悠，希望听到吴璜的声音。

走了一会儿，直到夜幕降临，吴璜的说话声没听到，却撞到了一个人。

"是谁呀……"对面的人疑惑地问。

借着远处帐篷透过来的灯光，我隐约看到，站在我面前的是一个小女孩，十岁左右，穿着破旧的裙子，正好奇地看着我。

她想必是出来捡拾柴草的，光线太暗，她看不清我灰败的脸色和腐烂的伤口。我只是一个模糊的轮廓。但她好奇地盯着我，说："你也迷路了吗？"

我说:"你迷路了? 那我带你回去吧? "

我牵着她的手, 朝树木缝隙透出的光亮走去。

"你的手好冷。"她抱怨道。

我有些不好意思, 挪了挪, 隔着衣服握住她的手臂。"这样好些了吗? "

"好多了……其实冷一点也没关系的。"

夜深了, 身后的树丛里传来窸窸窣窣的声音。我低头看了下, 小女孩走得很认真, 不禁问道:"你不害怕吗? 附近可能有丧尸呀。"

"我听妈妈说, 丧尸已经不可怕了。"她说, "最近营地里还来了一个丧尸, 身上长着花儿, 蓝色的, 可好看啦, 而且还不咬人。要是每个丧尸都这样, 我很快就能回家了! "

我不禁一阵暗喜, 又问:"你家在哪里? "

小女孩挠挠头, 说:"我忘了……"

正走着, 草丛里一声轻响, 小女孩"呀"了一声。

"怎么了? "

"我的手被划破了……"

其实不用她说, 我也知道她流血了, 因为我的鼻子本能起抽动, 牙齿一阵战栗。久违的饥渴蒙上脑袋, 让我一阵眩晕。

"是我划伤，你怎么呻吟起来了？"她奇怪地说。

这一声稚嫩的话语将我从饥渴中惊醒，我蹲下来，撕开布条，替她包好。幸好伤口不深，可能是被锋利的叶子划过，包好就没事了。

我们牵着手走到帐篷区，聚集起来的人们看到我们，都惊呆了。一个女人冲过来，拉开小女孩，退后两步，警惕地看着我。

"她迷路了，所以我带她回来。"我解释道。

女人看了看小女孩，后者点头，她犹豫一下，低声道谢。

人们看我的目光有些软化，一个人鼓起勇气走到我跟前，又转头冲其余人笑道："他真的不咬人……"更多人走过来，好奇地捏捏我身上的肉，还有人看到我肩上的花了，赞叹道："这朵花真漂亮，这个丧尸真风骚。"在这些赞扬中，我真的红了脸庞。

吴璜就站在人群中，视线越过许多人，也看着我。这时候夜色浓重，帐篷里灯光透出，仿佛一个个昏黄的月亮，落在了地上，簇拥着她。

在与她的对视中，我肩上的花苞微微颤抖，仿佛风吹，又仿佛在蠕动。所有人都睁大了眼睛。我一愣，也转过头，看到花苞以肉眼可见的速度绽开，蓝色花叶虽然小，但层层叠叠，芳香四溢。

"花开了？"吴璜走近说。

"是啊，看到你，"我说，"花就开了。"

她伸手想去触碰，又缩了回来。我连忙摘下一片花瓣，居然还有点微微痛楚，皱了皱眉。

"怎么了？"她问。

"没事，这片花瓣送给你。"

吴璜刚刚接到手里，想说什么。这时，一群士兵就挤开人群，把我重新押了回去。

不久后，罗博士又来见了我。他还是脏兮兮乱糟糟的模样，眼睛里血丝密布，似乎好几天都没睡着了。他靠近我的时候，我嫌弃地退了一步："你手上有油，别碰我……"

"那你跟我走。"

"去哪里？"

他说："去见你的朋友啊，跟你一起来的丧尸。你现在身体已经跟丧尸不一样了，我得看看丧尸对你有什么反应。"

他领着我来到关押老詹姆和其他丧尸的看守室，门一打开，丧尸们立刻呜呜嘶叫，罗博士连忙退出去，把我留在房间里。

丧尸们围过来。

我有点害怕，毕竟我身体里也开始有血流淌，对他们而言，这些足以引发可怕的饥饿。

但老詹姆看了我很久，才抬起头，打着手势："你好像变胖了。"

我说："你好像变丑了。"

其余丧尸也跟我打招呼，我问他们："你们一直在这里吗？"

"是啊，"他们说，"原先有很多丧尸，一个个被拖出去，说是做实验，结果都没有回来。现在就剩下我们几个了。"

见丧尸跟我一直闲聊，没有丝毫攻击的意图，罗博士和士兵们走进来。丧尸们立刻扑过去，士兵们喷出网兜，罩住他们，罗博士拉着我走出去。

"我还没跟他们聊完呢……"我抱怨说。

走到门外，我眼睛一亮，因为面前站着吴璜。她脸上笑意盈盈，看着我说："阿辉，我要找你借一样东西。"

"要借什么，都可以的！"我连忙拍胸膛说。

她指着我的肩膀，"你的一片花瓣。"

原来我被关在看守室的几天，吴璜也没有闲着。她回到营地以后，仔细琢磨我身上的变化——我既然能够由丧尸向人类转变，从死亡之河的另一岸横渡而回，那其余丧尸也应该有生还的可能。

她向幸存者临时委员会汇报了我的情况，委员们有赞成的，有反对的，两边争执不下。直到我牵着小女孩的手出现在帐篷区，他们才最终确认我跟其他丧尸不一样。

而吴璜思索许久，发现我身上唯一的不同之处，就是肩上伤口长出来的花儿。想通之后，她连忙去找我，听士兵说我被带到了老詹姆这边，又跑了过来。

我看着她的眼睛，说："这朵花本来就是为你长的，你要摘掉，当然可以啊。"

这句话一出口，周围士兵们面面相觑，连罗博士也抽动了下眉头，嘀咕道："没想到世界末日了，还被丧尸喂一口狗粮……"

我说："我们本来就是情侣嘛。"

吴璜也脸红了，忙说："不要一整朵，花瓣就可以了。"她让我站住，用镊子小心地夹下花瓣，放在冷藏盒里，递给罗博士，"您可以分析一下成分，制成药剂。"

罗博士如获至宝，连连点头。

三天后，根据花瓣研制出来的第一管药剂就出现了。整个营地的人都很兴奋，在实验室围观，要看药剂打进丧尸体内的效果。我也被带到了关押老詹姆的看守所外面，跟人群一起观看。

罗博士显然三天都没有休息，眼睛里的血丝密密麻麻，但他脸上是兴奋的，手也在微微颤抖。

"这就是世界的希望，"他说，"如果每个丧尸都能回转成生人，那我们就可以跟那些逝去的亲人再度拥抱了。"

这番话在人群里引起一阵涟漪，有些人的眼角都迸出了泪光。

在所有人的注视下，他将注射器扎入老詹姆的一个胳膊，然后迅速退出看守室。

老詹姆被捆在座椅上，罗博士离开之后，按下了某个按钮。单向镜的里面，我看到几个丧尸身上的皮带"啪"一下解开，丧尸们都站了起来，在房间里走动。只有老詹姆还坐着，脑袋微晃，似乎有些彷徨。

看到他不同于其他丧尸的模样，我心里一喜，站在一旁的吴璜也露出了笑容。

"看来我猜得没错，你肩上的花，确实是解……"

话还没说完，看守室里就发生了变故，老詹姆一下子站起，脸上的腐肉疯狂地痉挛，龇出乌黑牙齿，狂躁地走来走去。他一边走，喉咙里一边发出低哑的嘶嘶声。

丧尸们有些困惑，冲老詹姆打着手势，但他没有丝毫反应。

我和吴璜对视一眼，都非常不解。

这时，老詹姆仰头嘶吼，却只发出低沉的呜咽。吼完后，他豁地转身，朝一个丧尸过去，咬住了丧尸的手臂，然后猛一甩头，将整条手臂撕了下来。

一蓬黑血从丧尸肩上喷出，溅在单向镜上，缓缓流下，将我们的视野染成一片黑红。

# 8

药剂失败之后，我又回到了看守室。这次，一连好些天都没
人来看我，墙面玻璃又恢复成单向镜，士兵们也只把食物放进来
就走，不与我多交谈。

我更担心的是吴璜，她极力争取的机会，希望靠我身上这朵
花才研制解救丧尸的药，却不料药剂让丧尸极度疯狂，这一次连
同类都咬。这种挫败肯定会让吴璜不太好受。"都怪你啊，"我扭
头看着肩上兀自摇摇晃晃的花朵，"一点都不争气。"

正当我百无聊赖的时候，门被推开，罗博士带着士兵们走进
来说："跟我来。"

我跟在他身后，走出了看守区，穿过幸存者生活聚集的地

方。很多人都以异样的眼光看着我，但他们都没有上前跟我说话。我有些诧异，小声问罗博士："他们怎么了，好像有点怕我？"

罗博士转过头，厚厚的镜片下，眼神有些灰暗。他也小声说："他们不是怕你，是尊敬你。"

"啊？为什么？"

"因为你马上就要当大英雄了。"

我一愣，"怎么回事？"

罗博士却叹了口气，摇摇头说："进去再说吧。"

很快，我就知道我要帮什么忙了。我们走进了军队的指挥室，几个戎装的军人一脸严肃地围着我，为首的正是之前在营地前迎我的白发军官。

"从这朵花上提取的药剂失败，证明你只是个例，我们不能把希望放在丧尸变成人类上。"军官眯眼看着我，眼神锐利如鹰隼，"现在，我们决定组织一次反攻。"

"但你们之前不是试过很多次吗，都被丧尸打回来了？"我说。

军官不自然地咳嗽了一声，说："也不能叫被打回来，是战略性撤退……总之，这次我们有了制胜法宝，就是罗博士最新研发的 FZIII 型病毒。"

罗博士站在一旁，小声插嘴道："FZIII 还没有研制成熟，IV型也只是理论，需要复核实验……"

"战争就是最好的实验。"军官打断他的抱怨，"FZIII 型病毒是你一手研究出来的，你来解释一下。"

说起病毒，罗博士振奋起来，从旁边的金属箱里拿出一个试管，举到我眼前。冰蓝色的液体在里面晃荡，在灯光照射下，这半管药剂显得美丽又诡异。

"FZ，意思就是冰冻丧尸，当然，这是一种修辞手法，它不会真的将丧尸冻住，但可以让他们行动迟缓，最终彻底成为不能动的僵硬尸体，真正死去。你放心，FZIII 型对人无害，它能识别丧尸体内的索拉难病毒，并以之为养料，两种病毒进行结合，在丧尸体内蜕化成 IV 型。III 型只能拖慢丧尸的速度，IV 型就能将丧尸彻底杀死，而且还有传染性，可以一劳永逸地解决大量丧尸。"罗博士用看着恋人般的眼神注视着试管，喃喃道："它是丧尸的毒，却是人类的解药。"

我听得不是太懂，就问："既然这么厉害，你们用就是了，把我叫过来做什么呢？"

军官说道："咳咳，这个……FZIII 型的研制还不是很成熟。

我们把它放在尸体上，进入丧尸内部，用气罐洒进丧尸群，沾在丧尸皮肤上。这样内外结合，的确能让丧尸行动变得缓慢，但也仅此而已。FZIII型病毒在丧尸体内并没有蜕变成IV型病毒，也就没有形成传染性，杀伤力不大。"

罗博士接着解释道："我想了很久，原因可能是丧尸体内的索拉难病毒太过密集，有自身的防御机制。所以FZIII型病毒需要在某种温和的环境下，进行过渡性培养，这种环境既要有血肉，又要有索拉难病毒……"

我一拍脑门，说："这说的就是我身体里嘛。你们是不是想用我的身体当作培养皿，培育IV型病毒？"

军官们互看一眼，似乎没料到他们的想法被这么直接说出来，彼此都有些尴尬。

罗博士挠挠头，"这个也只是理论，我觉得还需要大量时间来验证。"

军官挥了下手，似乎斩断了空气中的某种东西，说："可我们没有那么多时间了，丧尸越来越多，再迟一会儿，说不定人类的火种会彻底熄灭。"

罗博士小声嘟囔着什么，却也没有再争辩了。

我看了看罗博士涨红的脸，又看着军官刚毅强势的表情，最后，视线落在了幽蓝幽蓝的 FZIII 型病毒试剂上。良久，我叹口气说："我答应你们。"

罗博士说："你要想好，IV 型病毒现在还只是推测，如果它在你体内真的出现了，我不知道会发生什么……但很大可能，你也会死。"

这一刻，我并没有感觉到死的可怕，或许是因为已经死过一次了。不过想想，在死亡之河上来回横渡，也是件挺酷的事情。而且，如果真的能阻止丧尸，那吴璜就能活在没有危险的世界里。这么想着，我心里涌起一阵悲壮，还有点不易察觉的喜

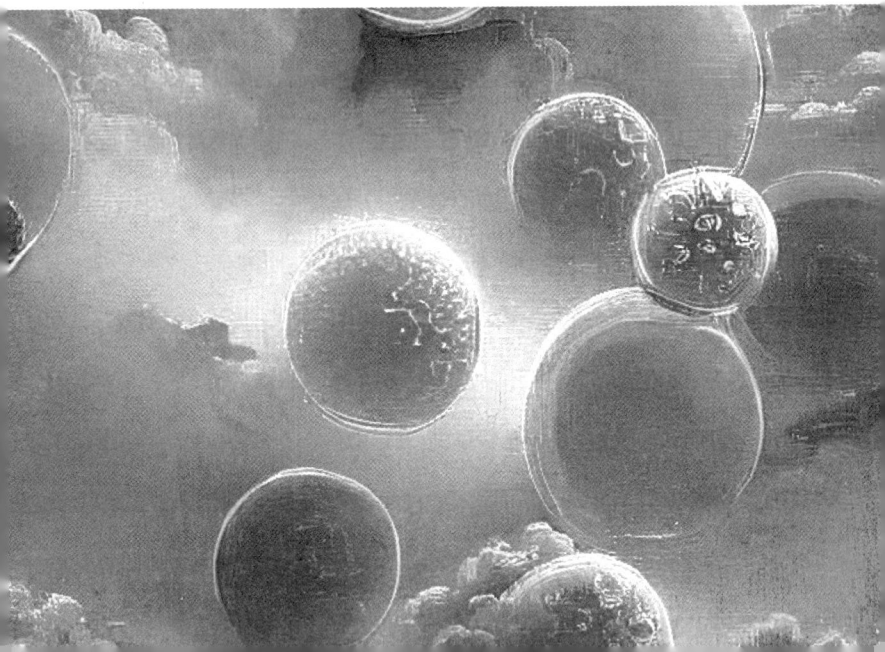

悦——没想到我成了拯救人类的关键，如果这是好莱坞电影，那么我就是主角，我就是布拉德·皮特。

我点点头。

军官露出喜色。罗博士欲言又止，但还是用注射器抽出药剂，再缓缓打入我的血管。一股冰凉的感觉在血液里蔓延。

"接下来呢？"我捂着手臂，问。

军官说："接下来你要回到丧尸中间，等 FZIII 型病毒慢慢进化成 IV 型，让病毒在所有丧尸中传播，结束这场灾难。"

"丧尸……真的不能救了，只能毁灭吗？"

"嗯，你只是个例。我们做过尝试，你也看到了，只是让丧尸变得更疯狂。"

我点点头。我想起老詹姆说过的话，在所有的故事里，丧尸都会被消灭，只是早和晚的区别。尽管早已料到这样的结局，想想还是让人觉得悲哀。

"但我有个条件，"我说，"我要见吴璜。"

军人们对视一眼，目光里交换了许多我看不懂的信息。最后白发军官还是点了点头，说："我带你去见她。"


因体内注射了 FZIII 型病毒，为保险起见，我被转进隔离车。

车上还绑着其他几个丧尸——这是军官的安排，如果FZIII型病毒在我体内进化成IV型，那在车厢里我们就会互相传染，到时候直接放出去，传染效率会提高。他们中还包括上次发了疯的老詹姆，但奇怪的是，现在他手脚被捆，眼神却格外平静，似乎那次疯狂咬人耗费了他所有的力气。

但我没有理会他，只是透过玻璃看着赶来的吴璜。她身后还有几个士兵，拿着枪，离她很近。

几天不见，她瘦了许多，脸色憔悴，几缕发丝垂在耳畔。

隔着厚厚的玻璃，我们对视着。

"我要走了，"我说，"要回到丧尸中去了。"

"嗯。"

"如果这场灾难解决了，你要好好活下去。"

她点头，"嗯。"

"你还有什么对我说的吗？"我不好意思地摸摸鼻子，"虽然有点矫情，也俗，但离别的时候，总要说点什么吧？电视剧里都是这样的套路的。"

吴璜看了看旁边的白发军官，军官点了点下巴，她才上前一步。她的脸离得很近，气息将一小块玻璃染得氤氲，也模糊了我的视线。

"我这几天没怎么休息，"她说着，用右手中指轻轻按着太阳穴，似乎累极了，揉了一圈也没放下来，"你肩上的这朵花，不是丧尸的解药，丧尸不能转化成生人。你去吧，我在这里很安全。"

我点点头，挥了挥手。

隔离车启动，载着我往来路驶去，吴璜的身影更加模糊。

突然，我捂着手臂，倒在车厢里，浑身抽搐。

罗博士透过玻璃看到了我的异状，先是一愣，继而快跑两步，使劲拍着车门，大喊道："停一下停一下！"驾驶室里的人应声刹车，罗博士隔着玻璃问我，"你怎么了，是不是FZIII型起作用了？"

我抽搐不止，艰难地回答："我不……身上好冷……"

"快，钥匙在哪里！"罗博士叫道，"把门打开！药效提前发作了，我要带回去研究！"

拿钥匙的士兵走过来，还在犹豫："博士，万一……"

话没说完，钥匙就被罗博士抢走。他打开车门，跳进车厢，凑到我面前问："现在是什么感觉？"

我张开眼，映入眼帘的是罗博士关切的神色，不由得暗自惭愧。我小声道："对不起了……"

"什么？"

我陡然翻身，一手从车厢前的士兵腰间抽出手枪，另一只手扣住罗博士肩膀，将他朝外抵着。人们还没有反应过来，枪管已经顶住了他的脑袋。

"都别动！"我大声道，"谁敢动，我就杀了他！"

丧尸的声带和舌头都坏死了，除了嘶吼，无法发出复杂的声音。但我们有一套自己的交流方式，就是打手势。在海上漂流的时候，吴璜问过我，吃饭、走路和撒谎怎么表达。

而用中指按着太阳穴，轻揉一圈，正是撒谎的意思。我还告诉过她，如果表示一直撒谎，手指就不要放下来。

刚刚，她跟我道别的时候，手指便是按在太阳穴上的。

她是在告诉我：她说的话是谎话。

那也就是说，我肩上的花是丧尸的解药，丧尸能够转化成生人。最关键的是，她并不安全。

联想到带着武器的士兵与她寸步不离，她说话还要经过白发军官同意，她的消瘦憔悴，我几乎可以断定——她正在被软禁。

尽管不知道原因，但我曾经对吴璜说过，我会保护她的。说了这句话之后，我出门就没有再回来。我不能食言第二次。

在所有人惊恐的注视下，我挟持着罗博士，与军官对视着。军官不愧是沙场老手，几乎没有迟疑，第一反应就是举枪对准了吴璜的脑袋。

"我们各有一个人质，"军官盯着我，冷声说，"但我的人比你多。你要想好。"

吴璜却不管不顾，大声叫道："你别管我，快跑！你肩上那朵花是解药，之前的药剂被人掉了包，丧尸才狂性大发！你要保护好它！"

我顿时明白，怒气冲冲地看着军官，道："你怎么这么卑鄙！难道治好丧尸会影响你的地位？"

军官说："一派胡言！快放下刀，放了罗博士！"

我往身后看看，慢慢拉着罗博士后退，说："你有士兵，但我也并不是一个人……"说着，我一挥手，拉开最近的一个丧尸身上的绳扣，他得了自由，低吼着要来咬罗博士，被我一脚踢到车厢口。他还没爬起来，就闻到了更为浓烈的生人气息，更加癫狂，朝士兵们扑过去。

我如法炮制，将丧尸们全部放出去，只留下了老詹姆。车厢外一片混乱，只要有人被咬，很快就会加入丧尸的阵营。士兵们仓皇后撤，吴璜趁机摆脱了挟持，向我跑过来。她经过一个丧尸身边时，丧尸张嘴要去咬她，我连忙喊道："右边！躲开！"她听话地跳了一步，丧尸便去追逐其他人了。

她跑到车前，我也丢下罗博士，跳下了车厢。

"现在呢？"我问她。

"快走！"

我反手合上门，将老詹姆和罗博士关在车厢里，然后绕到驾驶室。司机早就跑掉了，车门都是敞开的。我和吴璜坐上去，启动车子，在喷出的烟气中迅速离开。

我瞟了一眼后视镜，身后依然是一片混乱，但士兵们已经站稳了阵脚，正在逐步包围丧尸们。一只丧尸从泥地里跃起，扑向军官，立刻被弹雨打成筛子。

吴璜显然也看到了。她轻声叹息。

# 9

车在林间行驶，原本的道路因无人休整，杂草从两旁蔓延。车轮一路向前，轧过草茎花藤，发出吱吱声。

"我们去哪里？"我开着车，问道。

吴璜摇摇头："我不知道……"她看到我手上扶着方向盘，又呀道，"你开车很熟练啊。"

我看看自己的手，笑了笑："这几天我记起了一些事情。"

"那你记得自己的身份了吗？"

"还没有……不过我的身份你早就告诉过我，总会慢慢想起来的。"

前方的路变得熟悉，我一愣：这不是就是我们在山坡上被抓后，士兵把我们押回营地的路吗？这仿佛是某种循环——几天前，我冒险把吴璜从丧尸之城里带出来，送到人类营地，现在，我们又拼死从营地逃出来，回到了原路上。

透过车窗，可以看到那个隆起的山坡，像是绿草地伸出了舌苔，等着迎接天空的滋润。

"对了，这几天到底发生了什么？"我转头，看着吴璜消瘦的侧脸，"你怎么会被他们软禁呢？"

她说："那天给丧尸注射试剂，丧尸更疯狂，但我越想越不对，就用你送我的那片花瓣再萃取了一小管溶剂，悄悄给老詹姆注射了。不到半个小时，我就看到他体内的索拉难病毒浓度开始降低，血小板也渐渐恢复活性。我想，上次之所以让丧尸疯狂，是有人把药剂掉了包，不希望丧尸变成人类。但我还没把数据保存，那个白头发的将军就察觉到了，他说我跟丧尸为伍，就把我关了起来。如果不是你提出要见我，可能现在还被关押着。"

我愤愤地拍了下方向盘，"我一看那家伙就不是好人！我看，他是怕丧尸变成再人类，会影响他的地位。哼，一把年纪了，还抓着权力不放！为了维持现状，宁愿把几十亿人拖下水。"

吴璜说："但现在你肩上这朵花还在，我们找一个安静的地方，把解药研究出来，"又皱皱眉，"不过我虽然学医，也只是研究生水平，不知道能不能成……"

我安慰道："没关系的，有时间和工具，慢慢来，一定能成。"一拍脑门，"对了，我不是把罗博士也抓过来了吗？你们一起合作，一定可以！"

我想起罗博士和老詹姆还在关在后车厢里，便停下了车，打开车厢。

罗博士犹自惊魂未定，好在老詹姆被牢牢捆着，没有伤害到他。我向他解释了一切，他边听眼睛边发光，连连点头："好好好！"他看看我，又看看吴璜，再看了一眼老詹姆，"我们四个正好可以成为拯救世界的组合！"

"是啊，一个女人，一个男人，一个丧尸，和一个……"我看看我自己，"半丧尸半人。这样的组合很符合好莱坞电影群戏的人物设置。"

吴璜也露出了笑容，下午的阳光在她笑纹里流淌。她说："我们一定能拯救世界！"

这个午后格外美丽，阳光和煦，草长莺飞，春风拂过大地，空气清新得像是水流过肺部。这一切都像是一个故事的尾声，一出舞台剧的落幕，没想到我能活到结局，我心里格外高兴。

"那走吧！"我手一挥，"我们驶向希望之地。"

我正要开车，手臂上突然蹿过一阵寒流，仿佛有冰块塞进了血管里。一阵战栗袭击我了全身，我哆嗦着，从座椅上摔了下来，枪掉在地上。

吴璜连忙扶住我，脸色惶恐，一旁的罗博士却后退了一步，疑惑地看着我："又来？"

我筛糠似地发抖，声音碎成一缕一缕，"不是，真的很冷……"

"那就是 FZIII 型真的发作了，要进化成 IV 型了？"

我也不太清楚，但身体里的异状越来越强烈，咬牙道："应该是……有什么办法……可以救我吗？"

"那我就放心了。"

听到罗博士这句话，我一愣，吴璜反应慢了半拍，也扭过头去，问："啊？"

"看来我的研究成功了。"罗博士走上前，捡起我落在地上的手枪，忽地露齿一笑，"这场丧尸浩劫，因我而起，也会在我手里终结。"

他笑的时候，牙齿森白，仿佛映上了匕首的寒光。这一刻，他眼睛里的木讷和呆滞不见了，一心埋头科研的宅男气质也烟消云散，取而代之的，是狂热。

和残忍。

他吐口唾沫，又舔了舔嘴唇，道："你要是不病发，我还得找个机会制服你们三个，但现在，上天也帮我。"吴璜刚想过来拉我，立刻被他用枪指着，"你最好别动，我的手是用来做科研的，握着武器很不习惯，一不留神就会走火。"

吴璜立在原地，看着他，好半天才说："那么，之前那管试剂，是你掉的包？"

"当然，"罗博士低头看我，"你能从看守室跑出去，也是我安排的。"说着，他拍了拍脑袋，笑道："但我就不多说了，我也看过不少好莱坞电影，反派总是死于话多。现在，让我们来进行毁灭所有丧尸的最后一步。"

他拖着我，来到后车厢，将我推了上去。

"如果我的研究没错，你身上的 IV 型病毒会很快传染给这个丧尸。你们都会死。"他持枪站在车厢前，目光灼灼，似乎在欣赏期待已久的表演，"然后我把培养好的病毒带回去，我依然是人类的救星。"

体内的寒冷越来越剧烈，我想向他扑去，但只能蜷缩着身体。FZIV 型病毒似乎通过空气传播，我看到老詹姆原来龇牙咧嘴的表情都出现了细微的变化。FZIV 型病毒在他身上已经开始起作用。

罗博士脸上笑意更浓，说："哎呀，我终于明白反派为什么要说那么多话了，因为此时此景，实在让人得意啊——你知道吗，那天晚上我们一直跟在你身后，如果你咬了那个小女孩，我们就会毫不犹豫杀死你，人类也会知道丧尸不可拯救。但你居然没有，我们暗中把她划伤，流出血来，你都没有下口。我把你带到看守室，这个丧尸居然也不咬你……但没关系，最终还是我赢了。"

"为……为什么一定要杀死丧尸……"我抖着声音问，"我们都是人啊……"

他挠挠头，说："人？人跟病毒有什么不一样呢？都是爆发性增殖，都在疯狂掠夺资源。这颗星球上的人太多啦，得清理掉一些，把空间和资源省出来。你放心，剩下的人会活得很好的，我们会走上新的进化之路。"

相比于体内的病毒，罗博士的话让我更加冰冷。

他转头，看到了我肩上的蓝色小花，"对了，还有这朵花。真是奇怪，其他博士花了那么多精力也研究不出索拉难病毒的解药，怎么这朵花就行？难道是自然的自我调节，就像你们中国人说的，毒蛇出没处，七步内必有解药？"

他凑近了，凝视着花，突然一把将它连叶带茎地扯下来。

一股剧痛在我肩上蹿过。

"就算是大自然，也战胜不了我！"他说着，从兜里掏出一个试管，里面是透明的液体。他把花塞进试管后，透明的液体迅速鼓出气泡，在密集的气泡中，整朵花都被溶解了。

罗博士把试管扔掉，溅出的液体在车厢壁滋滋作响，说："丧尸就是丧尸，就应该被杀死，不要妄想着重回人类之身了。"

我满心绝望，却只能缩在地上，听着他得意的声音，看着老詹姆逐渐僵硬的表情，想着吴璜……对了，吴璜呢？

"叫你话多！"一声娇叱响起，吴璜从车厢一侧跳出，手里举着一块石头，向罗博士砸来。

我顿时大喜，看来戏剧规律还是起了作用，反派只要话多，就能被抽空子打败。

但下一秒，罗博士敏捷地跳开，手按扳机，一颗子弹划过吴璜手臂，血流了出来。

老詹姆明显躁动了，耸动肩膀，但被捆得结实，无法起身。

"好险，"罗博士夸张地拍着胸膛，"差点就被你们得手了。"

吴璜捂着受伤的手臂，悲愤地盯着我。我刚刚升起的希望破灭了，绝望地看着吴璜。

然后，我们俩的目光同时变得明亮。

我朝她点点头，她也颔首。她突然伸出手，将手上的血抹在罗博士的脖子和脸上，然后连忙跑开。

"咦，你这是……"罗博士惊慌地摸了摸脸上，见只是鲜血，放下心来，"这是垂死挣扎吗？"

"或者，绝地反击。"

这六个字是我说的。话音刚落，我已经凑到了老詹姆身前，手指努力抠动，解开了他身上的皮带。

下一秒，这个丧尸从座椅上扑出来，扑向了罗博士。

罗博士惊惶后退，但车厢离地半米，他一脚踩空，仰面摔倒在草地上。他跌在空中的时候，手指连扣，枪管响起一连串的砰砰声，子弹在车厢壁上撞来撞去。

我连忙蜷缩着身子。

老詹姆的身体被好几颗子弹击穿，但他浑然不惧。他的眼神格外扭曲，仿佛驱使他去攻击罗博士的，不再是饥饿，而是真正的愤怒。

他踉跄走到车厢口，低声嘶吼。

罗博士还没爬起来，就见一个黑影朝自己压了过来。老詹

姆紧紧抱着他，张嘴向他脖子上咬去。

罗博士手被箍着，但疯狂地朝老詹姆的肚子开枪。子弹穿透了老詹姆的身体，带出腐肉和隐隐见红的血液，在空气中散成血雾，仿佛一蓬蓬红色蒲公英从他背后长了出来。但他没有停顿，一点点凑近了罗博士的脖子，张开牙齿，又一点点咬了进去。

罗博士的眼睛里布满了绝望，像是两潭沼泽。

血先是从老詹姆的嘴角溢出，接着，罗博士的颈动脉处涌出一道鲜红的喷泉。这对丧尸是无比强大的诱惑，但老詹姆没有丝毫吮吸，依旧死死咬着。直到罗博士没有丝毫声息，双眼被阴翳完全笼罩，才松开了牙齿。

我挣扎着爬过去，看到他躺在罗博士旁边，周围一片血污。

吴璜站在几米外，想要靠近，又不敢。

"你怎么样？"我问道。

他艰难地比着手势："我的腰椎被子弹切断了，脑袋也中了一枪。"

我想说你会没事的，但不愿骗他，只是道："哦。"

"你看到没有，我的血也是红的了。"他说，"你的花真是有用，我原本也可以重新变回真正的活人。"顿了顿，又补充道："但现在只能是真正的死人了。"

是啊，虽然他有了重新回转人类的迹象，但现在还是丧尸，受了这么重的伤，还感染了FZIV型病毒，很快就会彻底僵化，不再动弹。

"你别用这种怜悯的眼神看着我，"老詹姆道，"你的情况，比我好不到哪里去。"

"但你先死。"

他做出一个哈哈哈的手势，表情却没有丝毫喜悦。过了一会儿，他又比画道："真遗憾你也要死，"他指着不远处不知所措的吴璜，"你原本可以有幸福。"

我趴在车厢边，俯视着他。他的面孔虽然被血污遮住，但五官一下子清晰起来，浓雾中飞鸟扑腾而出。雾气散尽，我终于看清了记忆迷雾里的一切。

"我想起你是谁了，"我说，"你不是演员，也不是教师。"

"那我是……"他问道。

但这个手势没比画完，他的手就彻底僵在了空中。


我躺在山坡上，茂盛的草叶遮蔽了我。吴璜坐在一旁。

"你现在好些了吗？"

"我快死了。"

吴璜哀戚地看着我，"我带你回去，一定能治好你的。"

"不用了……也来不及……"寒冷的潮意在我身体里一波波涌动，我要集中精神才不会睡着，"我身体里是 IV 型病毒，如果回去，一定会被将军提取出来，用在丧尸身上。但丧尸是有解药的，你要找到那朵花，救……救我们……"

"但花……被罗博士毁掉了……"

我努力侧过头，一片草叶在我鼻子上搔动，有些痒。我说："肯定不止这一朵，大自然有它自己的平衡机制，既然出现了索拉难病毒，就一定会出现解药。我不小心让解药的种子落在了肩上，长出了这朵花。花虽然毁了，但一定还有其他种子，你要找到它……"

有液体落在我脸上。真好，是温热的感觉。

她离我近了些，把手放在我额头上，"你身上很冷。"

"嗯。"我说。

"对了，我有一件事情骗了你。"

我的声音越来越轻，"我知道。"

"嗯？"

"我不是阿辉，我不是照片上的人。我跟他只是长得像，但我们其实不是情侣。我们甚至都不认识。"

"是啊，我和阿辉只是逃跑的时候，跑到了你的房子。"吴璜看着我，好半天又说，"你全部记起来了吗？"

"是啊，或许是回光返照吧，我记起来了一切。我是另一个人，我有别的故事，我不是阿辉。"天黑了吗？我的视野有些模糊，但还是努力睁着眼睛。

"对不起，当时你说是阿辉，我没有解释，我想着你会保护我。"

我点点头，"但我还是很高兴，我保护了你。"

吴璜抱着我的头，过了一会儿，问道："那你到底是谁呢？"

我想发出声音，但喉咙干涩无力。

她把耳朵凑到我嘴边。

"我叫……"我吞口唾沫，"叫……"

"什么？"

"布拉德·皮特。"

# 尾 声

那场争斗过后，平静持续了很久。

在人类和丧尸对峙的日子里，我经常会跟姐姐一起，在树林里寻找。我问她，我们在找什么。她说，找一种花，一种能将亡者从死亡河流的彼岸渡回来的花儿。她给它取名为彼岸花。

现在，彼岸花是人类和丧尸的共同希望。

那天姐姐一个人回到营地，告诉我们，罗博士死了。军人们警惕地围着他，要杀了她为罗博士报仇，但她让士兵先搜查罗博士的住处，查阅他电脑里的信息。于是，我们知道了罗博士才是这场浩劫的罪魁祸首，而逆转丧尸的关键，就是丧尸叔叔肩上那朵招摇风骚的花儿。

说起来，我还见过丧尸叔叔。

那次我在树林里迷路，是他拉着我的手，带着我从夜幕里走出来。我记得他的手掌很硬，一片冰凉，握起来却很有力量。但现在，他被埋在山坡下，已经过了很久很久，他的尸骨冰凉依旧，力量却早已消散在泥土里了吧。

他肩上盛开的彼岸花，也再没有出现过。

但姐姐一直没有放弃寻找。她带着我，翻遍了附近树林所有的枝叶，连泥土里刚刚冒芽的草茎也不放过。有时候她的胳膊被荆棘划伤，有时候她从树干上跳下来崴了脚，更多的时候，她累得靠在树干上，轻轻喘气。

整个春天和夏天，我们都在寻觅，却一无所获。人们对它的希望开始变淡。等到了秋天，叶子开始泛黄落下，一切都显得萧索，姐姐却还没有停下。有人劝她说，这个季节不会有花开，可能彼岸花只有一株，恰巧长在丧尸叔叔的肩上。还有人说，往者已矣，世界充满危险，但活着的人还要继续活下去。在人们的劝说中，姐姐始终抿着嘴，不发一言，第二天又到树林荒坡上寻找彼岸花的踪迹。

直到冬天来临，这个沿海地带罕见地下起了雪，她才仰着头，看着天空，停下了脚步。她仰头的时候，我看不到她的表情，但我想，她的眼眶里一定盛满了泪水吧。雪会落到她脸上，落在眼睛里，在泪水中融化。

这个冬天，丧尸来进犯过两次。不知为什么，人们没有像以前一样认真地跟他们厮杀了，且战且退，退到安全区域就停下了。我想，他们知道丧尸都有生还的可能，哪怕彼岸花迟迟没有找到，也不再单纯地将他们视为魔鬼了吧。

冬天还发生的一件事情，就是姐姐遇见了她的男朋友。一小队幸存者通过电台找到了我们，其中一个，正是在丧尸肆掠时跟姐姐分开的阿辉。阿辉哥哥说，他外出查探，被人群冲散，越走越远，没想到在这里又团聚了。这种末世浩劫中的爱情重逢，格外温暖，是我们都乐于见到的戏码。只是我看到，当阿辉哥哥抱姐姐的时候，她有些不自觉地退缩了一步。

就像人们说的，活着的人还要继续活下去。尽管整个世界都布满了丧尸，但我们在冬雪里互相取暖，彼此保护，有惊无险地挨过了这个寒冷的季节。

春天来的时候，我们打算再往后退，找一个更安全的地方修建营地。

离开前，姐姐想去那个山坡一趟。

去那里干什么？阿辉哥哥说，很危险的，有很多丧尸。

我有一个朋友，埋在那里。这一走，可能再也不会回来了，我去看一下。姐姐说。

阿辉哥哥肯定也听说了丧尸叔叔的事情，沉吟一下，点头说，那我跟你一起去吧，我也要谢谢他。对了，他叫什么名字来着？

姐姐说，布拉德·皮特。

他们去山坡的时候，我也跟了过去。我们穿过很荒芜的道路，在茂盛生长的树林里艰难行走，虽然困难，但好在一路上都没有碰到丧尸。我们从下午走到黑夜，又从黑夜走到黎明，才走出树林，一大片生机勃勃的原野立刻扑面而来。

天气非常明媚，阳光穿破云层洒下，植物钻出泥土，仿佛厚厚的绿毯在地面铺开。春风低掠，钻出草毯的花朵在风中摇曳，姹紫嫣红。偶尔风大，原野上便涌起了斑斓的波浪。我们涉草而行，一些花瓣粘在裤腿上，走着走着，姐姐的脸色突然有些变化。

这时我能看到不远处的山坡，它的颜色并不是斑斓驳杂，而是一整块亮蓝色，仿佛嵌在绿毯上的蓝宝石。那是什么？阿辉哥哥问道。

姐姐愣愣地看着，突然迈步跑去。原野上布满了绿草与鲜花，她跑过的地方，涉出了一道浅浅的痕迹。微风吹过，草痕消弭。她跑得那样快，像是一只掠过草尖的雨燕，一头冲进了春天里。

我和阿辉哥哥也连忙跟了上去。

走得近了，我们才看清，山坡上竟然长满了奇异的小花，花瓣呈蓝色，上面蔓延着暗红的脉络。我见过这朵花，在许多资料上，在无数人的传说里。

彼岸花。

这是丧尸叔叔埋葬的地方。他的身体在泥土里腐烂，但他肩上的种子经过了一年的孕育，再度萌发，彼岸花迎风盛放，开满了整个山坡。

姐姐蹲下，喘着气，但将头凑近花丛中，深深呼吸。当她抬起头时，我看到她眼角沁出了泪珠，沿着脸颊滑下。泪水滑过的地方，被阳光映得隐隐发光。我不明白姐姐为何哭泣，但我知道，这是整个春天最美的痕迹。

云鲸记

飞船进入比蒙星大气层时，正是深夜。我被播报声吵醒，拉开遮光板，清朗朗的月光立刻照进来，睡在邻座的中年女人晃了下头，又继续沉睡。我凑近窗子向下望，鱼鳞一样的云层在飞船下铺展开来，延伸到视野尽头。一头白色的鲸在云层里游弋，巨大而优美的身躯翻舞出来，划出一道弧线，又一头扎进云里，再也看不见。

　　窗外，是三万英尺的高空，气温零下五十多度。不知这些在温暖的金色海里生长起来的生物，会不会感觉到寒冷。

　　我额头抵着窗，只看了几秒，便产生了眩晕感，手脚都抖了起来。为了阿叶，我鼓起勇气，咬着牙，穿越星海来到这颗位于黄金航线末端的星球，但这并不代表我克服了航行恐惧症。在漫长的航行中，它无时无刻不在折磨着我。

幸好，这已是最后一程，我马上就能拥抱阿叶了。

飞船穿越厚厚的云层，降落在比蒙星七号港口。这个由纯钢铁建成的庞然大物，直插云霄，上千个船坞不停地吞吐着飞船，其中，超过百分之九十的都是货船。它是一个巨型水蛭，每一个船坞都是快速收缩的吸盘，吮吸这颗星球的资源——从矿石到木材，从走兽到鱼群。甚至连金色海的海水，都被从外空间垂下的高轨甬道，一刻不停地抽走。

人类走出群星，靠的正是这种永无止歇的榨取和掠夺。

"你来比蒙星打算做什么？"出港疫检时，消瘦的黑人检察官一边问我，一边低着头看我的个人信息。他的头发很短，掺着星星点点的白。

"我来带回我的女朋友。"

"噢，她在这颗星球上做什么？"

"她是行星生物学家，主要在比蒙星上研究云鲸的生理习性。"

黑人抬起头，做出一个夸张的表情，"真厉害！这里的人都是来淘金，你女朋友与众不同。不过她做这么厉害的事，你为什么要把她带回去呢？"

"因为她死了，"我沉默了一会儿，"我要把她的骨灰带回地球——她的家乡，我们相遇的地方。"

黑人闭上嘴，上下打量着我，好半天才说："可是，先生，你知道根据《星际疫情防范法》，公民若在哪颗星球上死亡，无论是正常还是非正常，都必须埋葬在当地。如果你带着骨灰，是不能从港口通过的，也不会有人愿意跟你坐同一艘飞船。"

"我知道。"

黑人看了我一会儿，叹口气，在我的通关材料上盖下了电子章。我向他道谢，提着包走向过关通道。

"先生，祝你好运。"他在我身后说，"你会需要的。"


刚出港口，我就看到了迈克尔。

尽管我们从未谋面，但我一眼就在人群里认出了他——这得多亏阿叶的社交主页。阿叶是那种向世界敞开怀抱的女人，每天都会在主页上更新动态，有他们在实验室里相遇的照片，在酒吧里聊天的照片，在云鲸背上穿梭云层大声欢呼的照片。多少个夜里，我把这些全息照片点开，光和影勾勒出他们的模样，在我面前栩栩如生，却又触不可及。

现在，他穿着旧夹克，举着一个牌子，上面歪歪斜斜地写着我的中文名字。他是一个高大的男人，但面色很憔悴，几天没刮脸了，胡子拉碴。

我向他走过去，他看到我，指了指外面，然后转身拨开人群向外走。我跟在他后面。我们没有说话，我们也不会说话。对于这个男人，我一直矛盾——我不知道该恨他，责怪他得到了阿叶却没有照顾好她，还是应该给予他同情，一起缅怀我们共同的爱人。他肯定也有同样的矛盾。所以沉默是我们最好的选择。

我跟着他走出灯火通明的港口，黑暗向我们涌过来。他开着科研谷的车，有些破旧，反重力引擎发动了好几次才喷出稳定的淡蓝色离子流，悬在低空半米处。我坐上副驾驶，有点挤，就把座位调低。迈克尔看了，想说什么，但最终没有开口，专心开着车。

我突然意识到，阿叶要是跟迈克尔一起外出科考，也是坐在我现在的位置。她如此娇小，所以座位会调得很高。这个联想让我鼻子一酸，格外压抑，只能扭头看着车窗外。

我们正在快速远离城市，进入山野，地势由平缓变得陡峭，山石嶙峋，群峰突起。车贴着地形，上上下下。车灯一闪一闪，微弱地照亮前路，在浓黑的夜里如一只迷途的萤虫。

科研谷名副其实，十几层的大楼倚山谷而建，混凝土做主体，外围以钢铁加固，但已经很老旧了，估计是比蒙星刚被发现时建的。历经了数百年风沙和潮湿的侵袭，钢铁锈得厉害，有些与两岸岸坡接驳的地方都出现了裂缝。

时近深夜，山风很大。我们穿上防护服，下了车，夜风拍打在我们身上。我呼吸的是头盔内供氧泵输出的氧气，但仍感觉到了风中的咸味，一愣，看向西边。

虽有浓云聚集，月光还是穿过云层，微微照亮了这个夜晚。但西边，是一大团黏稠无比的黑暗，似乎连光线都吞噬了。

金色海。

原来科研谷离金色海岸不远，难怪潮湿得这么严重。

我远眺了好久，迈克尔咳嗽了一声，我才跟着进了他宿舍。他收拾出一张床，说："今晚你睡我这里，我出去住。"

"阿叶的——"我顿了顿，"阿叶呢？"

迈克尔转身出去，不一会儿抱着一个黑布包裹住的金属盒子进来，放在桌子上。

我知道盒子里面是阿叶的骨灰，一时有些站立不稳。

"骨灰不能过海关，我给你联系了别的船。你什么时候走？"

"明天早上。"我的声音如同梦呓。

"嗯。他们早上会来接你。"迈克尔退出房间，把门合上。

我捧着骨灰盒，坐在床边。即使已经有过无数次预想，但真的看到鲜活美丽的阿叶变成灰烬，收拢在冰冷的盒子里，我还是觉得一切都不真实。

"放心，"我把骨灰盒放在脸侧，轻声说，"阿叶，我带你回家。"

我在床上辗转，试了很多种方法入眠，都没有效果后，索性起床。这时已经是凌晨，整栋大楼的灯都熄灭了，但我路过一间还亮着的实验室时，透过窗子，看到了迈克尔落寞的身影。

他独自坐在实验室的墙角里，面无表情，手上拿着啤酒，不时地灌一口。他脚边已经横七竖八倒了十来个空酒瓶了。

我摇摇头，离开了大楼。外面并不冷，便只戴了面罩，走到海边，坐在沙滩上。风很大，吹散了云，吹得我透体发凉。潮水起伏，有时会舔到我的脚。金色海的海水，在夜里是温暖的。

比蒙星有六颗卫星会在夜晚反射恒星的光，但很少人能看到六月凌空的奇景。今晚我也没有这个运气，西边天空垂着三轮月亮，另外三轮被云遮住了。

月下有一群白鲸，在海和天之间游弋着，几头幼鲸上下追逐，发出悠扬的鲸咏。它们速度不快，在天空中如同一片片风筝，但当它们飞过我头顶，投下巨大阴影时，我才意识到这是这颗星球上最为庞大的物种。我仰望着它们向东飘去，掠过科研谷，消失在一片黑暗里。

真好，它们可以飞翔。

可惜人类的狩猎船飞得更快，且无处不在，云鲸再也飞翔不了多久。

太晚了，我起身回去。迈克尔还在实验室里，已经喝醉了，枕着墙壁沉沉入睡，嘴里在说着什么，但含混不清。

我扶他回宿舍，把他扔在床上，自己也累极了，趴在桌子上。时差带来的困倦让我很快入睡，又很早醒来。天还没亮，我抱着阿叶的骨灰来到大楼顶层，在晨风中等待。

离开房间的时候，迈克尔还在熟睡。我想，我再也不会见到他了。


一艘"鬼三"级飞船悬在楼顶，跳下来一个秃头大汉和一个穿得破破烂烂的瘦子。透过呼吸面罩，我看到瘦子的右眼眶是空的，有些瘆人。他用一只独眼上下打量我，问了我的名字，说："就是你要回地球？"

我在晨风中瑟瑟发抖，连忙点头。

"迈克尔呢？"

"在里面睡着。"

瘦子点点头，说："上去吧，找个空位坐着，远着呢，得好几天。"见我露出疑惑的目光，续道，"我们要去二号港口，那里有熟人，检查松些。"

我把骨灰盒抱在怀里，准备登船。

"等等，"秃头突然拦住我，朝我怀中点了点下巴，"这里面装的是什么？"

他的手臂比我大腿还粗，裸露在清晨的寒风中，肌肉虬结，上面还有一道伤疤。我抬头与他对视。他冷着脸，说："怎么，想惹麻烦？"

独眼瘦子干笑两声，过来拉开秃子，说："迈克尔给了钱，管他带的是什么，只要不是炸弹，我们就顺路给运回地球。"

秃子哼了一声，扭头上了飞船。独眼凑到我耳边，小声说："别跟人说这里面是骨灰，我们跑偷猎的，迷信得很，最怕晦气的东西。"

"你怎么不怕？"

"呵呵，比起晦气，"独眼笑起来，"我更怕没钱。"

"鬼三"级的飞船很小，只有二十几平方米大，像个扁平的房间。现在，这个房间被数百个金属桶塞满了。我弯腰走到角落里，一屁股坐下来。周围还有七八个人，也跟我一样，木然着脸，抱膝而坐。这些都是要偷渡的人，出于各种各样的原因，我不知道，我不关心。

秃子坐在驾驶位，独眼则笑嘻嘻地数那些铁桶，越数脸上笑意越浓，说："一共三百二十二桶，光头，这一笔我们要挣疯了。"

"你都数了十几遍了。"秃子启动飞船，专心驾驶，头也没转过来。

"数多少遍都乐意。现在行情好了，云鲸血涨到了十个联盟点一斤，一桶就是一百五，这一趟，"他用手指敲着金属桶壁，算了半天，"能挣四万多呢。到时候我们一人一半分掉。"

"阿泽的那份呢，你想吞掉？"

"他死都死了，我帮他个忙，帮他把钱花了。"

"不行，要不是他，我们估计早就被那怪物给吞了。他还有家人，拿四成给他那个瞎眼老娘吧。"

"四成太多，一成就够了。"

"也行。"

瘦子点点头，又笑嘻嘻地数起来。

我终于明白过来，原来我旁边这些全是保温桶，里面装的都是云鲸的血。

即使远在地球，我也听说过云鲸血的交易。在浩瀚的金色海里，有一种被称为"F937"的神奇元素，其单质能抵消重力。现在被广泛应用的反重力引擎，都是利用了这种元素。F937的获取，有两种途径——一种是直接从海水中萃取，但萃取所需的环境极端苛刻，比蒙星根本达不到，只有靠高轨空间站抽取海水，在真空零重力实验室中操作。一千立方米的海水，大概能萃取出十微克的F937单质。另一种方法，便是从云鲸血中提炼。

云鲸是一种神奇的生物，刚发现它们时，人们对它们的习性感到既费解又着迷，这种兴趣至今还吸引着生物学家前赴后继地来到比蒙星——其中包括阿叶。

云鲸出生在遥远的科尔星海洋里，每年一度的卫星掠过时，星球引力会被抵消，云鲸便从海洋里一跃而起，进入星际空间。它们会在漫长的黄金航线上洄游，途径七颗行星，靠张开身上的薄膜获取加速度，同时躲避神出鬼没的龙狰兽，直至游到比蒙星的金色海中，进行第二次蜕变。这条艰辛的航线上，有无数故事发生，无数云鲸的尸体静静漂浮。成功抵达的云鲸少之又少，蜕变后的云鲸没了薄膜，却能吸收海水中的F937，融入血液，凭此彻底摆脱重力的束缚，游弋天际，栖于风中，眠于云间。

而正是这 F937 含量百万倍于普通海水的血液，给云鲸带来了灭顶之灾。人类驾驶着全副武装的飞船，捕杀云鲸，用抽水泵抽干它们的血液。不到百年，比蒙星上的云鲸被屠得险些灭绝。幸好随后联盟把云鲸列入保护物种，出台了禁猎令，只供研究，它们的生存状况才略有缓和。但仍然有不少偷猎者在活动，显然，我所在的这艘船，目的正是偷猎云鲸，将其血运到黑市售卖，顺便接收我这样的偷渡客，挣点外快。

从这艘船里云鲸血的数量来看，至少有十头云鲸被抽成了干尸。

想到这里，我耳边隐隐传来了昨夜听到的鲸咏，如幽魂呜咽。我下意识抱紧阿叶，往角落里缩了缩。

这个动作救了我一命。

一阵巨大冲撞袭击了飞船。我所在的这一侧墙壁，被生生撞出了凸起，旁边一个贴墙睡觉的男人正好被凸起击中。在这场碰撞中，他的脑袋输给了金属，于是，我看到他的头上绽开了一朵血色的花。

如果不是我刚才缩了头，这朵花也会在我头上开出来。

飞船被撞得在空中剧烈翻滚，金属桶漫天横飞，有两个人被当场砸死，我的左腿也被砸中，骨折的声音在一片混乱中清晰可闻。我紧紧抓住护杠，好歹没掉进这一片翻滚中，秃头的反应也很迅速，撞击的一瞬间趴在操作台上，同时打开了平衡调制器。

飞船两侧的一百七十个制动引擎逆着翻滚的方向开启，以最大功率运转，共同抵消撞击带来的冲量。

三秒钟后，飞船稳在空中。

"妈的，是它！"秃子满脸是血，大吼道，"它一直在跟着我们！"

但没人回应他。

秃子歪歪斜斜地躺在座位上，断裂的操纵杆贯入了他的腹部，而真正的致命伤，是一个金属罐的撞击。伤口很诡异，右边太阳穴凹了进去，像是新开的一只眼睛。

第二次撞击转瞬即至，但这次秃子有了准备，猛地下沉，飞船与那巨大的阴影堪堪划过。

透过破碎的舷窗，我看到了一头云鲸。

一头愤怒的云鲸。

我发誓，在此之前，我从来没有把愤怒这种情绪跟云鲸联系在一起。在所有的研究报告里，云鲸都是温顺的，面对屠杀只会逃窜，一边被抽干鲜血一边悲鸣。它们曾经对人类表示友好，当血流得足够多之后，也仅仅学会了防范。这是我第一次见到它们攻击人类。

我感到呼吸困难，在四周看了一圈，扑过去把骨灰盒抢到怀里，幸好，它没有被损坏。然后我戴上了呼吸面罩。这时，天空中的云鲸已经滑行到百米外，巨尾一摆，划过一道弧线，调转方向，向飞船俯冲过来。

秃子喊了几声独眼，确信他已经死了，他再回身环顾，满舱狼藉，金属桶被撞破，淡金色的云鲸血淌了一地。偷渡的人全在撞击中丧生，只有我活着，但他的视线扫过我，没有任何停留，仿佛我跟那些尸体无异。

我从他眼中看出一丝不祥。

"不要啊！"我大喊。

但秃子听也未听，眼眶充血，大吼一声："你要赶尽杀绝，老子跟你拼了！"他用力按住加速器，飞船"嗡嗡"震动起来，旋即猛向前窜。

"鬼三"级飞船不大，厉害的是机动性，能很快加速到极限。它在三秒内把自己变成了一颗子弹，破风呼啸。我也在这三秒内扑进了救生舱，按下按钮，缓冲泡沫立刻充斥了全身。

而那头云鲸，丝毫不惧。它的身躯上流满了金色的血液，像有一个太阳在从它体内喷薄出来。它张嘴嘶吼，四野震动，巨尾如蒲扇般摆动，也俯冲过来。越来越近。它是如此巨大，一轮眼睛就高过了我，飞船甚至比不过它的头。

我听阿叶说过，当云鲸难得暴躁时，瞳孔会由白色呈现出罕见的灰色。但现在，我看得清清楚楚，面前这头云鲸的双眼，是纯黑的。

黑得如同梦魇。

下一瞬间，云鲸与飞船相撞。

救生舱还未弹出，我在缓冲泡沫中天旋地转，意识迅速流失。昏迷之前，我唯一记得的事情，就是把阿叶的骨灰盒紧紧抱在怀里。


阿叶离开我的那天，我也是这么紧紧抱着她的。仿佛再用力一点，阿叶就会被勒进我的怀里，骨头相连，血液相融，再也不会离开。

但她不动声色地，一点一点挣开我的怀抱，后退一步，说："以后你好好照顾自己。天冷了记得加衣服，饿了要叫外卖，最好自己做着吃。别宅在家里了，设计是做不完的，多认识别的女生，你去跟她们聊天气、食物和艺术，她们就会照顾你。"

"我不要她们，我只要你。"

或许是我可怜兮兮的样子打动了她，她犹豫了一下，说："那你跟我一起走吧。"

我几乎就要答应了，可这时一艘去往天鹅座KP90的飞船升起来了，巨大的引擎轰鸣传来。我的眼角跳了跳，肩膀下意识地缩起。

阿叶说："你克服不了飞行恐惧的，而我要去遥远的比蒙星，每天都要用到飞船。我在空中的时候比踩在地上的时间多，你适应不了。"

"再给我一点时间，"我哀求道，"再过半年？半年要是我还克服不了，不能跟你一起去，我就让你走，好不好？"

"我已经给了你五年，你还是每次听到引擎的声音就会颤抖。你不要勉强，在地球上待着也没错，远航时代之前，人们都是在地球上过完一生的。"

"那你为什么不能……"

"我说过了，因为，"她打断我的嗫嚅，抬起头，视线穿过伦敦港独特的透明穹顶，穿过如萤火虫般起起落落的飞船，投到了夜幕深处，"因为我的征途是星辰大海呀。"

她的眼里盈出星星点点的渴望。在我看来，夜空是如此深不可测，但在她眼里，想必如瑰玉般迷人。我知道她的离去已不可挽回，但还是做了最后的努力，握住她的手，说："宇宙这么危险，你要是出事了该怎么办呢？"

"不要紧，那是我的归宿。"她把我的手指一根根掰开，提起行李，走了几步，转头看见满脸沮丧的我，笑着说，"那我给你一个任务吧，要是我真的死在群星间了，你就把我的骨灰带回来，带回地球。"

说完，她向我扬了扬眉毛，"要记得哦。"她转身走向登机口，人潮迅速淹没了她。

那时我伸出手，穹顶的星光落在手指上。我就这样僵硬了很久，似乎这样一直伸着，阿叶就会从人群里又钻出来，再次拥抱我。但直到人群散去，直到星光敛隐，我都没有再见到她。我再也没有见过她了。


我睁开眼睛，泪水在脸上流淌，模糊了视线。浑身的痛楚弥漫，我弓起身子，大口呼吸，过了好一阵子才弄清此时的处境。

救生舱掉在一片荒野里，已经散架，但缓冲泡沫替我抵消了大部分冲击。我挣扎着看去，不远处有一座硕大的山丘。此时已经入夜，四野空旷而黑暗，这说明我至少昏睡了十个比蒙时。

我的呼吸面罩还能用，但定位器出了问题，我全身至少有十几处伤口，其中包括左腿小腿骨折。我在身上了摸半天，没发现致命伤口，刚要松口气，又立刻紧张得屏住呼吸——我也没有摸到骨灰盒。

阿叶不见了。

我发出一声惊惶惨叫，一下子站起来，随即又因左腿爆发出的剧痛摔倒。我用手撑着，在干硬黑暗的地面上摸索。

阿叶，阿叶，我怎么能失去你，怎么能辜负你嘱托给我的最后一件事？

但我摸到的，永远是硬土，枯草，间或有石头划破手指。我感觉不到疼痛。摸索了一会儿，眼睛渐渐适应黑暗，隐约见到前方有一团阴影。我凑过去，三只蓝幽幽的眼睛突然张开，像夜空里突然点燃了三团火焰。我吓了一跳，手上一软，又摔在地上——我看到一张毛茸茸的脸上，三只眼睛在脸盘上均匀铺开，中间是一张密布着两圈利牙的口器。眼睛放出的蓝光还残留在牙齿上，流转泛光，一股腥臭涌出来。

这是三目兽，学名克科尔罗盘尼兽，或者是克科尔肉斑兽——名字很拗口，我没有记住。要是阿叶在，一定对它的名字脱口而出，并让我赶紧跑。这种习性暴躁的肉食性动物，最擅长做的事情，就是用外圈牙齿咬住猎物，用内圈牙齿把它们的肉剐下来吞进去。

我不能死在这里，我要把阿叶找回来！

我两手撑着，外加一只脚蹬地，向后拖着身体。三目兽不紧不慢地跟着，三只眼睛在夜里闪出蓝光，形成了一个诡异的正三角形。

它在试探，在确定我是否落单。它短小但强健的六条腿行在地上时，发出令人头皮发麻的沙沙声。

退了几分钟，我的背部靠到那座山丘，再也无路可退。

三目兽的六条腿全部弯曲，中间大嘴张开，发出嘶嘶声。它要扑过来了。我在地上摸到一块石头，颤巍巍拿在手里。这时，身后传来一声巨大的吼叫，如同飓风从深渊中狂啸而出，带着颤音，让我心胆欲裂，刚抓稳的石头又丢了。

我转头去看，借着夜空露出的星光，看清了这座本来黑黢黢的山丘——这哪里是山丘，明明是一头鲸鱼！

那头追踪飞船并将其撞毁的云鲸。

此时，它张开了巨嘴，滚雷般的吼声从那黑暗食道里奔涌而出，沿着肥大的舌头，震碎了这个夜晚。三目兽的腿部灵活地反向弯曲，瞬间向后弹跑，嗖的一声消失在夜色里。

我也被鲸吼掠起的风吹得歪倒，但倒下之前，瞥见了熟悉的东西。

骨灰盒。

它在云鲸舌头右侧的下颌处，被几块软骨卡住了，我不顾危险，扑过去，但这时云鲸闭上了嘴。似乎这一声吼叫花光了它所有的力气，它一动不动，在黑夜里重新恢复了山的姿态。

"张嘴啊，"我努力站起来，但踮起脚也够不着它的下唇，只能勉强够到下颌。它的下颌上长满了瘤状凸起，每个都有我的脑袋大，我拍上去软绵绵的，像某种囊。它无动于衷。

"你张张嘴，把阿叶还给我。"我用石头去扔云鲸，试了半天也毫无反应。我累得气喘吁吁，坐在这头庞然巨兽面前，才反应过来我刚才的举动有多么可笑。

在云鲸看来，大概就像一只蚂蚁在拼命用灰尘在砸人类的脚一样。它甚至懒得张嘴吹口气把我赶走。


再醒过来，天已经亮了。头顶一轮烈日暴晒，东边天幕垂着一颗小一点的，南边还有两颗。灼热在皮肤上流淌。

但我不是被热醒的，而是被饿醒的。

我爬起来，首先去撬云鲸的嘴，但又是徒劳无功。我这才发现，它身上布满了可怖的伤口，有的伤口血都凝固了，有的还在冒着金色的血。按秃子的话说，它早先就跟飞船交过手，然后千里跟踪，再直接撞毁飞船。就算它有再强的生命力，到此时也撑不住了。我把耳朵贴在它身上，很认真才能听到它身体里传来的细微震动，像是脉搏，又像潮汐。

它还在微弱地呼吸，但应该撑不了多久，昨晚，它还用最后的嘶吼救了我。不过我转念又想，恐怕也不见得是救我，它如此恨着人类——多半是巧合，三目兽袭击我的时候，它正好到了生命的尽头，只能对着漆黑夜幕和惨烈世界发出最后的怒吼。

试了一阵，腹中的饥饿更加强烈了，我爬到云鲸的背上，举目四眺。

我正好是在荒原的低陷处，周围像小型盆地一样渐渐往上斜。我环视一周，发现盆地外散落着飞船的零件。

我爬过去，在零件里翻找，万幸找到了一些压缩食物，狼吞虎咽之后，还发现了几件散乱的防护服。居然有一件能用，我连忙穿上——比蒙星的大气层虽然挡住了绝大多数有害的宇宙射线，但肌肤直接裸露在四轮太阳的暴晒之下，也很危险。

穿上衣服后，我感觉恢复了些力气，又从零件中找了一块断掉的钢板，断面很尖。我用手试了一下，足够锋利。

我一瘸一拐地回到低陷处。太阳更烈了，地面上的石头都被晒得灼热，云鲸白色的身躯竟散射着阳光。

"大哥，别怪我呀。"我拍了拍云鲸的下颚，拿起钢板，"你不把阿叶还给我，我只能用你和我都不喜欢的办法了……"

云鲸沉默着，呼吸断断续续。

我咬咬牙，两手扣住钢板，闭眼就刺向云鲸。在刺到它的皮肤之前，又停下了，我算了算位置，从下颚挖要多花很多工夫。按照骨灰盒卡住的地方，最直接的路线应该是从它右眼下侧下手挖。

我爬到它背上，这一路，那些密布的伤口更加触目惊心。尤其是脑袋上那条伤痕，简直像是被铁犁犁过一样，粉色的肉翻开，一些白色的虫已经开始滋生。

这应该是与飞船对撞造成的。

我暗自叹息，小心爬到它脑袋右侧，坐在它的眼皮上。

"对不住了，我知道人类对你们很残忍，那个秃子和独眼抽三百多桶血，估计杀了十几头鲸，说不定其中有你的亲人。但是我没有在你们身上花过钱，没有买卖，就没有杀害。对对对，我没有伤害过你们。"我颤巍巍举起钢板，断口上阳光流转，继续念叨："但我一定要把阿叶带回去的。你不知道，我真的很爱她，虽然没有留住她，但这是她求我的最后一件事，我一定要完成。你能理解的，是不是？"

它能理解吗？它不能的，我心里很清楚，它目睹了所有的杀戮，对于我这样的种族，只有仇恨，所以眼睛才会变成完全的黑色。

但无论它能不能理解，这一刀，一定要插下去。阿叶，我默念这个名字，阿叶，阿叶，我带你回家。

这时，云鲸睁了睁眼。它没有把眼睛全部睁开的力气，只是开了一条缝，但这一刻，我看到了它一丝灰白色的瞳仁——不再是黑色了，仿佛它的恨意随着生命一起都在流失殆尽。

这一抹瞳仁露出的神色，我很熟悉。

因为那是阿叶离开我之后，我每次照镜子都能看到的眼神。

有些痛楚，有些哀伤。


阿叶离开我的第一天，我觉得生活并没有什么改变——除了屋子空了一些，床的面积大了一些。我依然在家里干活儿，用全息投影和光感手套来设计"大风"级飞船的布线和驾驶舱排列。晚上睡觉时，我下意识地去抱右边，结果手直接落到了床单上。这一瞬间，手指有针扎一样的痛，但转瞬即逝。

第二天起来得很晚，开始玩游戏。我化身中世纪的刺客，不停地杀杀杀，饿了就吃冰箱里的食物。有些是阿叶做的，我把它们倒掉，吃速冻的。我从下午玩到凌晨，育碧的健康系统检测我的身体已经极度疲劳，于是将我强制下线。

第三天，我一直在沉睡，做了很多梦。梦里光怪陆离，梦里没有阿叶。

第四天，我拉开窗子，阳光迎面扑来。我打算出去走走，换上了衣服，穿好鞋子，乘电梯下楼。但在楼底的出口处，我浑身颤抖，不敢踏入阳光之中。

第五天，朋友实在忍不住，组了局，拉我出门。他特意叫了个女孩子，挺漂亮，对我的收入很满意，还能懂我的那些冷笑话。我们聊得很愉快。傍晚时，我送女孩回家，但进她家门之前，一股战栗袭来，我的脚无论如何迈不进去。"怎么了？"她回头看我，手指绕着乌黑发尾。我落荒而逃。

第六天，我在社交网站上把阿叶从黑名单中移除，发现她已经将状态从"恋爱"改为"单身"。她上传了最新照片，有一张照片是她和一头云鲸的合影，全息影像里，她笑得格外开心。我伸手去摸，只有冷冰冰的空气。

第七天，我缩在阳台的角落里，在紫罗兰和玉兰花中间，呜咽不已。晚上照镜子时，眼睛勉强睁开，里面一片阴影。就像这头云鲸一闪而过的眼神。

这是失恋的标准程序。无论人类怎么进化，从在地球上爬行到乘飞船遍布宇宙，文明开枝散叶，有些东西从来都没有更改。

比如失恋，比如同病相怜。


"见鬼了！"我暗骂一声，把钢板扔在旁边，拍拍云鲸的眼皮，"你他妈快点死，死了我再动手！"

云鲸浑然不动，但还是传来若有若无的呼吸。在这样失水和流血的情况下，它活不到明天早上，到时我再把骨灰盒挖出来。

但挖出来之后呢？这里荒无一人，通信系统也坏了，我该怎么回到人类居住区呢？

我摇摇头，把这个忧虑抛出脑袋，翻个身躺在云鲸背上。

傍晚，四轮太阳垂在天边，荒野上蒙了一层奇异的瑰红色，仿佛泛起的雾。空气有些燥热，远处云很稀薄，也压得低，在傍晚霞光的浸染下，像一抹红色的笔轻轻点过。除了太阳，还隐约看得到几颗卫星的轮廓，其中一个有由陨石带组成的环，静静旋转。

真是美啊，我在心里默默赞叹，难怪阿叶会抛开地球的舒适，来到如此荒芜的星球。

太阳次第沉下，光线一缕缕收进去。我用手枕着后脑勺，右腿平放，左腿屈起，看着四轮斜阳一个个消失，瑰丽的景象渐渐被黑暗吞噬，突然恍惚起来。

"我们真是难兄难弟啊，"我拍了拍身下的云鲸，"都困在这里了。"云鲸依旧无声无息，有一阵我都以为它没有呼吸了，但吹过来一阵风，把灰尘带进它的鼻腔中，它吭哧打了个喷嚏，然后继续保持着沉默。

一个垂死的人，一头垂死的鲸，在异星球的黄昏中，等待黑夜的降临。


与黑夜一同降临的，还有暴雨。

雨从夜幕中落下来，初时还细小温润，很快就狂暴起来了，大滴大滴，打在身上生疼。我坐起来，瞧了瞧天色，雨丝毫没有停歇的迹象。于是我从云鲸背上爬下来，躲到它的颚下。

乌云集卷，电闪雷鸣，雨越来越大，在脚下都积成了水洼。这里是个凹地，地势低，四周的雨水全部汇聚到这里。按照这个趋势，不到一个比蒙时，水就要漫过我的脖子了。

我刚想离开这里，一道闪电划过，照亮了一个黑暗的影子。

三目兽！

它站在凹地边缘的坡上，浑身被雨水打湿，三只眼睛更加幽蓝，正居高临下地看着我。

昨晚被云鲸吓走之后，这只三目兽并没有放弃，此时趁夜色又来了。但它只是观望着，不敢下来，应该是在忌惮云鲸。

如此那我就不上去了，继续坐在云鲸颚下。但水越来越深，漫过我的腰，我不得不站了起来，准备爬到云鲸背上。

一声尖锐的啸叫突然响起，听得我浑身一颤，牙齿发酸。那是三目兽的嚎叫，在雨夜中远远荡开。我心里升起一丝不祥。

果然，这声嚎叫引来了更多的三目兽。它们在凹地边站成一圈，蓝幽幽的眼睛望着我，两圈利齿被蓝光沾染，像是一个个噩梦。我颤巍巍数了一下，数到二十只的时候，就停了下来。

它们的目标恐怕不只是我，还有这头云鲸，毕竟是上千吨肉。我扶着云鲸下颚上的瘤状凸起，心惊胆战地想。

最先的那头三目兽谨慎地从坡上走下来，涉着水，绕云鲸走了一圈。它眼中的蓝光游移不定，突然上前，一口咬住了云鲸的侧面，然后立刻跳开。只这一瞬，云鲸便被撕下了一块肉，金色的血流下来。

三目兽仰起头，云鲸肉落进它脸中间的口器里，两圈牙齿张合着，把肉绞成了碎片。吃完了，云鲸也一动不动。三目兽再次发出一声嚎叫，坡上的同伴都迈步而下。

完了完了，我几乎站立不稳，早知道会葬身在野兽腹中，还不如直接在飞船上被炸死。

这时，我手上传来了怪异的感觉——云鲸下颚上的瘤状凸起渐渐膨胀起来了。我惊讶地看去，没错，这些瘤本身只有我脑袋大小，很快就涨大了四五倍。而同时，地上的水开始变浅，本来已漫至我腰间，只过了几秒，就重新退回到我的膝盖深。

云鲸在吸水！

三目兽们也被惊到了，停止前进。夜幕上云层卷过，这个雨夜里最剧烈的惊雷爆发出来，与此同时，一直沉默的云鲸张嘴怒吼，威势更胜雷声。地上的水在一瞬间被吸得干干净净。

我在云鲸张嘴时，猛扑进它嘴里，向它右边下颌爬过去。阿叶，阿叶，我念着这两个字，顶住云鲸怒吼时夹带着的腥臭的风，扑到骨灰盒前。骨灰盒卡得太紧，我不顾左腿骨折的痛，用脚蹬住云鲸墙壁似的口腔内侧，使出吃奶的劲，终于把骨灰盒拉了出来。

这时，云鲸闭上了嘴，彻底的黑暗袭来。我向它的食道滑去，还没进去，冰凉的水又将我包围。一阵天旋地转。我已经失去了思考能力，凭着本能抱紧骨灰盒。

我被水流裹挟着，打转，上升，突然冲出了云鲸的嘴，像喷泉里的鱼一样冲向夜空。

是云鲸在喷水。

我上升了七八米，又摔下来，落在云鲸背上，惊魂还未定，又感到了一阵摇晃。这次的摇晃，来自云鲸的身体，它喷出了所有的水后，身体离开了地面，但离地还没一米高，就又落了下去。大地震了震。

这一瞬，我流出了眼泪。我爬到它眼睛中间，用力拍着，声音嘶哑，吼道："飞呀，飞起来啊！"

云鲸睁开眼睛，粗重的呼吸如同喘息。

"你他妈是云鲸啊，要么死在海里，要么死在天上，不能被这些畜生吃掉啊——飞起来！"

它喷出长长的气息，鸣声悠扬，身体再次震动。大雨滂沱之下，这头鲸飘离地面，越升越高，突然加速向斜上方飞去。地上的三目兽被震慑住了，在积水中缩成一团，发出胆怯的呜咽。

"这就对了！"我趴在云鲸背上，抓紧它眼睛旁的褶皱，泪流满面，哈哈大笑，"飞起来了，飞得越高越好！"

它一路冲进云层，继续往上，浓云中有闪电划过。其中一道枝状闪电离我们特别近，我吓得闭上了眼睛。云鲸摆动尾巴，速度加快，穿过了厚厚的云层，如跃出海面，停在了云海之上。

我睁开眼，被眼前的景象震撼得不能呼吸。暴雨雷电在身下远去，云海上一片平静，六轮月亮排成一条线，悬挂天边。清辉迎面扑来。

"阿叶，"我把骨灰盒举起来，"你看到了吗，我们飞到天上了？我再也不害怕了，我也飞起来了，你看到了吗？"


对于飞翔，阿叶有一种近乎执拗的迷恋。

尽管她有一双无敌长腿，但她觉得这是她身上最没有用的部位，因为她厌恶走路。

"我承认腿在人类进化中的作用，我们从海里爬到陆地上时，鳍进化成双腿，这确实是自然的奥妙。但为什么进化之路就此止住了呢？"她一边说着，一边愤愤不平地敲打着自己的腿，"现在，我们已经从陆地飞到了天空，却依然是靠一双腿！"

我无言以对，只是心疼她的腿——那么修长，白皙，仿佛由古老的玉砌成。

"我们应该飞起来啊,小豆豆,"阿叶叫着她给我起的小名,"我们应该像云鲸一样飞起来,在天之下,在云之上,而不是一步步踩在泥泞的地上。小豆豆,你都不知道我的脚有多疼……"

听到这句话后,我分外心疼,花了一个月工资给她买了一双高跟鞋。

那是奢侈品柜里最中心的一双鞋,顶级设计师制作,镶钻带彩,奢华高调。当阿叶从盒子里拿出它们时,我都看到她的脸被照亮了。但我不知道是因为她高兴,还是只是钻石彩带的光华照耀。

"傻瓜。"阿叶把鞋放下,"你买这种鞋,我没地方用啊。"

但很快,这双鞋就派上用场了。

阿叶是在太空新生物种研究所工作,主要研究云鲸习性,大部分经费由疆域公司赞助。秋天的时候,疆域公司举办庆功晚宴,作为一群工科男女中唯一形象出众的研究员,阿叶自然要出席。

她一袭盛装,踩着高跟鞋出门,并叮嘱我十一点的时候去接她。

然而,九点半的时候,我就接到了阿叶的电话。外面下着大雨,我好不容易赶到疆域公司大厦时,看到阿叶站在公交站牌下，一脸沮丧，漏下来的雨水打湿了她的裙摆。她赤脚踩在泥水里，周围全是驶过的车辆，和藏在黑伞下面的行色匆匆的人们。

后来我才知道，在舞会上，疆域公司提供了一种透着淡淡金色的饮料。阿叶饮了一小口，口感清凉，入喉却温润。她正好奇是什么饮料时，一个疆域公司的中层走过来，微笑地同阿叶说话。

"像你这样漂亮的女孩子，"他轻轻晃着手里的酒，金色液体泛着光泽，"很难想象会一天到晚待在研究所里。"

阿叶漫不经心地回道："在实验室工作也很有趣的。"

"也是，感谢你们的工作。不少外星新物种的研究成果，都能够被直接商业化。"西装革履的男人微笑起来，举起手里的酒杯，"比如这种酒，你知道里面掺了什么吗？"

阿叶从他的微笑里看到了一丝残忍，还未回话，就听他继续说道："是云鲸血。你们研究出来的成果：云鲸血里的微量F937，配合适当的酒精，不但让口感更好，也能改善体质。哈哈，当然了，这是不能大规模使用的，但在这样的高档酒会上，我们会准备这样的美酒，以招待尊贵的……"

后面的话阿叶没有听清，因为她感觉到了胃部传来的抽搐。她强忍着去了卫生间，干呕一阵，但什么都没有吐出来。于是她给我打了电话，失魂落魄地下楼，下楼时鞋跟断了，脚被扭伤。

我当时不知道这些，只觉得心疼，上前抱住了她。她在我怀里颤抖，小声哭泣。

离我们一米之外的街道旁，污水横流，那双断了的高跟鞋被淹没在水里。


云鲸的飞行时高时低，有时高踞云上，有时它自己钻进云中滑行，把我露在云层的表面。

那些烟雾般的云就在手边，我伸手去摸，云便被划得散开，又很快在我身后愈合，像是泛起了涟漪。六轮月亮都垂得很低，又大又圆，看久了会让我有一种马上就要飞到月亮上的错觉。月光在云上被散射出星星点点，很像海面上的波光。

或许，对云鲸来说，云也是它们的另一种海吧。

我沉浸在美景的震撼中，过了好久才恢复过来，对身下的云鲸问道："喂，你要去哪里啊？要不找个地方放我下来？"

云鲸当然不会回答我。它如此恨着人类，肯定不会落在人类居住地，而我一直待在城市里，没有野外生存能力——更别说荒芜且布满危险的比蒙星腹地了。

这么一想，我倒是没什么可忧虑的了，反正自己无力改变，随遇而安吧。

云鲸闭上眼睛，睡着了，在云上稳稳地飘着。我也被一股睡意袭击，打了个哈欠，躺在它背上，也很快入睡。

醒来时已经是第二天了，云开雨霁，我们飘在晴朗的天空下。身下已经由荒野变成了森林，比蒙星上的植物都比地球要茂盛，且颜色绚烂。云鲸飞行了一夜，显出疲态，开始下降，庞大的身子掠过树林，压断了许多树枝，一些兽类也被惊走。最后它落在一条河里。

这河还不及它的身躯宽，潜不下去，一边用瘤状囊吸水，一边发出哀鸣。

它的声音充满了痛苦，我站起来，巡视一圈，才发现它背上的伤口已经溃烂了，肉虫密布。如果不是有呼吸面罩，我肯定会闻到令人欲呕的腐臭味。

我取下挂在腰间的钢板，割掉腐肉，把拼命往肉里钻的虫子拽出来。这种虫子恶心极了，肉色的，肥嘟嘟，没有眼睛却长满了脚，像是肥大版的猪肉绦虫和蜈蚣的结合体。如果是平时，我一定会远离这种恶心的生物，但现在，在这个陌生的星球上，在这样绝望的处境里，云鲸是我唯一的依靠了。

清理了烂肉和上百条腐虫后，云鲸停止了哀鸣，只吭哧吭哧地呼吸。我则累得浑身是汗，又累又饿，摸遍了全身也没找到食物，身下的河水也不能喝。我精疲力竭地躺下来，喘着气，过了好一阵，云鲸再次起飞，比之前稳了很多。

飞起来吧，我迷迷糊糊地想，飞回地球，带阿叶回家。

接下来的一天一夜，我处于一片昏沉中，一动不动地躺着，眼睛时而睁开时而闭上，看天空从明到暗，再到明。这是身体因饥饿做出的应激反应，减少消耗，我屈从于它。

如果不是一阵鲸鸣响起，恐怕我会陷进这种昏沉中，再也醒不来。

我勉强睁开眼，撑起身子，看到这条云鲸身边不知何时飞来了十几条小很多的云鲸。它们簇拥在下方，呜呜鸣叫，声音并不凄厉，却浑厚，在天地间远远传开。

看它们的体型，恐怕还是未成年的云鲸。它们随母亲穿过漫长的黄金航线，在星月光辉下游历，但来到金色海之后，还未长大，母亲就被人类捕杀，只有鸣叫着在云海间游弋。这非常危险，如果遇到捕猎飞船，它们唯一的下场便是死亡。

但好在，它们先遇到了我们。

我身下的云鲸也昂首嘶鸣，作为回应。这是我跟它在一起这两天多时间里，唯一听到它的鸣叫中带着温情的感觉。

小云鲸们纷纷发出鲸咏，在它周围上下翻飞。我发现不管它们怎么飞，都没有高过我所在的位置。

"嘿，大灰灰，看不出来，"我艰难地敲了敲云鲸的脑袋，干涩的嘴角扯出一抹笑容，"原来你混得不错啊，这么多小弟。"

说完我便愣住——我给它取了名字？

我第一次见到阿叶时，就在心里给她取了这个名字——我也不知道为什么，或许是看到湖边柳叶摇摆，或许是预见了日后她飘零远去的结局。

但当她知道我给她取了名字后，郑重地告诉我，以后不要随便取名，因为这是一种赋予，赋予其独有的属性。所以取了名字，便有了责任。

后来阿叶住到了我家里，给我的每一个盆栽，每一个电器和每一张桌椅都取了名字。我记得很清楚，电脑叫方方，书柜叫詹米，洗衣机叫滚滚，卧室的门叫小黑，马桶叫阿缺，沙发叫长脚……她逐一取完名字后，看着我说："你就叫小豆豆，因为你喜欢吃豆子。现在这里每一个物品都被我取了名字，都是我的了，你放心，我会对你们负责，一直照顾你们的。"

但后来比蒙星征召云鲸研究员时，她义无反顾地报了名。

她离开的时候太匆忙，甚至没有来得及向她的方方、詹米、滚滚、阿缺和长脚道一声别。


我把骨灰盒放在耳边，风声籁籁，像是里面传来了低语。我听了一会儿，听不太清，便侧过头，看向四周的小云鲸们。

云鲸都通体泛白，如同云汽凝结，但细看的话还是会发现各不一样。我闲得无聊，就一一给它们都取了名字，比如两个鳍特别长的，就叫大雁，有条飞得特别快的叫闪闪，旁边那条鲸尾特别短小的，叫小短短……

"呜！"

一声惨嘶突然打断了我兴致，我挣扎着朝声音发出的方向看去：名叫小短短的小云鲸被炮弹击中，却没有产生爆炸，而是散出几十个电极，贴在小短短的背上。炮弹背后有一根线，顺着线看过去，云缓缓散开，露出一直藏在云后面的城堡般的飞船。

是"大风三"级别的飞船。

一声巨大的"咚"从飞船上传来，是强电压输出的声音。几乎是同时，小短短浑身一震，停止惨嘶，被电得晕了过去，飘在空中。随后两艘"鬼四"飞船射出来，悬在它两侧，探出怀抱粗的探头，扎进小短短的身体里，高压泵发出轰隆隆的声音，云鲸血被抽出来，顺着探头后面的管道流进飞船里。

这种泵的功率很大，只要半个小时，就能把小短短的血完全抽干。云鲸没有了富含 F937 的血，也就失去了在天空的支撑，会轰然坠地——是的，人类在榨干它们生命的同时，也剥夺了它们的信仰。

剧痛让小短短醒了过来，但残余的电流依然让它大部分身体麻痹，挣脱不开。

它摆动短小的尾巴，发出一阵阵的哀鸣，声音凄惨，像是哀求，又像挽歌。

"停下来啊！"我眼睛都快裂开了，拼起全身力气大喊，但风太大，吹散了我的呼喊。我只能用脚剁大灰的背，嘶着嗓子叫道，"快跑啊，还愣着干什么！"

云鲸们似乎这才反应过来，鸣叫着向四面飞去，但"大风三"里像产卵般射出几十个小飞船，分工有序地各自追击。

从他们的熟稔程度来看，都是专业的盗猎者，这些云鲸只怕一头都逃不掉。

大灰的眼睛开始变浓，阴翳加深，长鸣一声，逃窜的小云鲸们似乎听到指引，向它这边汇聚过来。然后它猛地向下倾斜，开始下坠，其余鲸也跟上。

它的下坠让我猝不及防，一下没抓稳，从云鲸背上摔下去。耳畔风声呼啸。这下完了，我只来得及抱紧骨灰盒，闭上眼睛，但意料中的粉身碎骨并没有到来。

我摔在一片温暖的海水里。

金色海。

大灰从荒原起飞，千里迢迢，原来是要回到这片海里。就像我千里迢迢要带着阿叶回到地球一样。

大灰和十几条小云鲸一头扎进海水里，迅速下潜，只留下一个个漩涡。漩涡差点把我吞噬了，我扑腾着，好容易游到边缘，环视海面，只有一根根巨型管道散落着，从海面直升入天空。这是高轨道空间站在抽取海水。除此之外，海面已经没有了云鲸的身影。我暗自松了口气。

"鬼四"飞船们划出一道弧线，堪堪掠过海面。有一艘经过我身旁时，我大声喊，它停了下来。在我许诺给里面的驾驶员一千联盟点后，他放了探爪将我从水里带出来。

进了舱室，里面只有驾驶员，他给我丢了一件新防护服，几瓶水和一块压缩饼干。在我狼吞虎咽的时候，这个脸上有伤疤的高大男人抱着肩膀，饶有兴趣地看着我："哥们儿，怎么一个人掉进海里了？飞船毁了？"

我大口灌水，点点头。

"那你运气真好，遇到了我们。刚才我们在追一群云鲸，妈的，差点就追上了它们了，"他摇摇头，"不过这群鲸领头的那个，似乎是鬼眼鲸，抓不到也正常。"

"鬼眼鲸？"我停止吞咽，问道。

驾驶员点点头，说："它的眼睛会变黑，很灌了墨一样。这头鲸在我们偷猎者中很有名的，我们杀鲸，它杀我们。嘿嘿，厉害着呢，'刃'级飞船它直接咬在嘴里，连人带船吞下去，'鬼'级的它撞毁了十几艘，听说它还搞炸了一艘'大风'级的，现在它在黑市里的悬赏已经到了百万联盟点了。"

"它为什么要专门跟你们过不去？"

"听说它原来是一个鲸群的头头，带着一群鲸穿越黄金航线，来到比蒙星。结果从金色海出来第一次起飞时，被同行发现了，"说到这里，他露出羡慕的笑容，"那一笔可挣得多啊，五十多头鲸，据说抽血抽了一天一夜，最后保温桶都不够用了，血直接灌进船舱里，漫到了大腿这么深。后来卖钱的时候，他们把裤子都脱了——上面凝固的云鲸血也值几个点呢。"他比了一下自己的大腿，脸上的笑容牵动了刀疤，显得狰狞。"当时就只有这头鲸逃走了，它的后代和伴侣全部被杀，就开始报复我们了。说真的，刚才追它时，我还有点儿害怕——对了，隔得近的时候，我好像看到它背上有个什么东西，你在海里看到了吗？"

我摇摇头，继续啃压缩饼干。这时，通信模块里传来声音："刀疤你停在那里干吗？快上来。"

刀疤冲我眨眨眼，示意我不要说话，对模块回道："上面怎么样？"

"没定位到那群鲸，幸好还是抓到了一条，等抽完血就回去休息。跑了一夜，早累得不行了。"

"不落空就好。"刀疤点点头，转身去操控台启动飞船。

我的肚子不再饥饿，我的嘴里也不再干涩，我搂着骨灰盒，抱紧了，它坚硬的棱角硌到了我的胸口。我深吸一口气，走到刀疤身后，抡起骨灰盒砸向他的后脑勺。

他一声不响地晕了过去。

我把骨灰盒放在操作台上，轻声说："阿叶，原谅我。"


我是从阿叶的社交页面上看出端倪的。

阿叶居然连着三天没有更新状态，我不停地刷新，渐渐感到一阵不安。阿叶阿叶，我焦躁地念叨着，最后忍不住给她留了言。

但回复我的，是一个叫迈克尔的男人。我点进他的社交页面，看到了许多他和阿叶的照片，原来，他就是阿叶的新男友。

他点开了全息视频通信，我犹豫了好一会儿，还是接通了。

"你好，"他说，"你是小豆豆吧，阿叶经常提到你。"

他也叫她阿叶！我心里没来由地冒火，但转念一想，肯定是阿叶让他们这么叫的。她远在光年之外，还用着我给她取的名字，说明她没有忘了我。我又涌起了一阵甜蜜，急切地问道："阿叶呢？"

"阿叶，"他顿了顿，"阿叶遇难了。"

我一时没反应过来，"什么？"

"阿叶死了。死了三天了。"

"你胡说！怎么会……不可能！"

迈克尔站在全息影像里，沉默地看着我，他的视线又冷又悲伤，像是午夜卷起的潮水。他不是在开玩笑，但我拒绝相信，又过了一阵，我张开嘴，但没发出声音，于是敲了敲胸膛，沉闷的回声终于冲开了喉咙："阿叶死了？"

"阿叶死了。"

这四个字在我脑袋里扭成了利刃，一下一下地切割着。阿叶死了，一座火山爆发了，浓烟遮天蔽日；阿叶死了，一场地震袭击了整个城市，高楼大厦积木般倾倒；阿叶死了，一颗行星从遥远幽深的宇宙中呼啸而来，气势汹汹地撞击地球，排山倒海般的冲击波席卷全球。

我脑袋剧痛，坐倒在地。

迈克尔告诉我，阿叶是为了救云鲸而死的。她在例行野外考察过后，独自回科研谷的途中，发现了一群搁浅的云鲸。

那是七八头小云鲸围着一头母鲸，母鲸受了严重的伤，下腹有一道触目惊心的伤口，血正汩汩流出，将山石染得金黄。它试图飞起来，但血流太多，每次堪堪飞起来就摔了下去。小云鲸们围绕着它哀鸣。

阿叶当即向科研谷发了消息，请求派人过来支援，但母鲸已经奄奄一息，无法支撑到科研队两个小时后的援救。阿叶焦急如焚，私自做了决定——用绳索吊着母鲸，把它运到一公里外的河流中。

困住母鲸并不复杂。她趁母鲸拼命飞起来时，向地面喷射了三条承重带，母鲸落下后，头尾和腹部便被捆住了。刚才这一跃，已经花掉了它最后的力气，它安静地躺着，身上的承重带被逐渐收紧也无力挣扎。但困难在于，阿叶的科研车只是轻量级，不能进行重达两百吨的运输。

但阿叶听着四周不绝的悲鸣声，一咬牙，不顾通信频道里迈克尔的阻止，把反重力引擎开到最大功率，摇摇晃晃地吊起母鲸，向河流飞去。小云鲸们停止鸣叫，缓缓跟在她们后面。

阿叶小心操作，短短一公里，花了半个小时。飞到河流上空时，她松开了承重带，云鲸坠向河面。这条河通向金色海，水里也有 F937。

意外也就是在这一刻发生的。

超负荷运行的反重力引擎急剧发热，熔断了一块已经老化的电路板。整个飞车发出几声类似咳嗽的声音，突然失去了动力，也落到了河里。这一切只在电光火石间，阿叶没有来得及从车里逃出来，河水充斥了整个车厢，她泡在水里，被捞出来时已经泛白，已经冰凉，已经没有了呼吸。

"这里面有很大一部分是我的错，如果我的语气强烈一点，她或许会听我的话，不去救云鲸。但我当时也想让她施救，虽然是违规操作……我们都没有预料到引擎会出意外……"

我已经听不进迈克尔的话了，呆滞了很久，突然想起阿叶离别时说的话，挣扎着站起来，说："阿叶呢，你们把她怎么样了？"

"阿叶已经死了……"迈克尔的声音哽了一下。

我使劲摇头，"我是说——她的尸体呢？"

"我们把她火化了，很快会葬在科研谷对面的山坡上。"

"不！"我发出一声嘶吼，"我要把她带回来！"

迈克尔愣了愣，说："按照联盟法律，在比蒙——"

"去他妈的联盟，我要把阿叶带回来！这是她说的，如果她客死在群星间，我要把她的骨灰带回来，埋在柳树下！"

我的执着和疯狂吓到了迈克尔，他考虑了很久，最终答应了。毕竟我是跟阿叶生活过最长时间的人，他得到了阿叶最后的爱，而我也必须执行阿叶最后的承诺。

"但我没有时间把她送回来，而且，那也是非法的。"迈克尔有些歉意。

我立刻说："我自己来取！"

我将第一次在无边无际的宇宙中穿行，飞翔的恐惧会一直折磨我。但一想到阿叶躺在冰冷的骨灰盒里，我便顾不得害怕。

我一定要把她带回来，即使跨越星海！

"那群鲸后来怎么样了？"我突然问道。

"阿叶遇难的第二天，有人发现了它们，在离金色海只有一百多公里的地方。"迈克尔停了一会儿，说，"它们的血被人抽干了。"

我一直不理解，阿叶为什么这么喜欢云鲸。但现在，在大灰背上飞行了这么久之后，我终于明白了，因为这种生物，就是她的化身啊。

从全是海水的科尔星中孕育，在漫长的黄金航线中洄游，最终落入金色海——云鲸的一生，始于海，终于云，挣脱了重力，陪伴它们的只有风和星光，永远不会踏足陆地。这是阿叶魂牵梦绕的生活啊！所以她才会离开我，风尘仆仆地来到这里，追随云鲸的踪影。

或许，她并没有爱过我，或者迈克尔。她真正喜欢的，是恣意翱翔的云鲸。

我终于意识到，阿叶让我把她带回去，只是安慰我而已。对她来说，登上去往比蒙星的飞船，并不是离开，而是一种归来。

这里才是她真正的归宿。


"刀疤，你还磨蹭个屁！"通信模块里的声音十分不耐烦，我回过神来，盯着操作台。

疆域公司的飞船的操作系统，我都有参与设计，知道声控操作需要验证声纹，但手势操作不需要。

我的手在操作台上投出的全景模拟影像中移动，飞船随之启动，飞到天空中。

小短短还在被抽血，悲鸣声已经微弱下来了。最多再过十分钟，它就会被完全抽干血，坠落在海里，成为海上浮尸。

"挺住。"我默念道，启动所有引擎，然后右掌插进全息影像中，绕了一个 U 形轨迹，又回到我胸前。

飞船严格同步了这个动作——它像一柄剑一样切断了小短短右侧的抽血管，绕过它的头，又返回来切断左侧管道。云鲸血的传输被中断，洒在空中，被风吹得很薄，像秋天的金色树叶。

小短短发出一声尖啸，摆动尾巴，向海里落去。

抽血的那两艘飞船立刻向下去追，我直接撞了过去，他们闪避开。

这一耽搁，小短短就落得远了。它的身下是浩瀚无际的金色海，温暖的海水会重新流进它的血管，治愈它的伤口。

它会再次飞起来。是的，飞起来，没有任何可以拦得住翱翔。

"刀疤，你他妈疯了！"

"刚才差点害死老子！"

"怎么回事！回话啊！"

……

通信模块里传来嘈杂的声音，有人疑惑，也有人咒骂。我沉默着，抬头看了看舷窗外，凌晨已至，虽夜色依旧沉暗，但一丝微弱的晨曦在天际露出来。一场黎明正在酝酿着，即将喷薄出来。

"大风"级飞船缓缓下沉，停在离我三十米处，像一个坚不可摧的古老城堡。它在黎明前的黑暗中，投下更加黑暗的阴影，将我笼罩。几十艘"鬼"级飞船在它身边错落地散开。

这他妈的，我抚摸着骨灰盒，心想，一群偷猎的，搞得跟军队对峙一样，有必要吗？

"咳咳，"一阵低沉的咳嗽声响起来，所有的嘈杂都消失了，寂静持续了几秒钟，"刀疤，再给你最后十秒，不回复的话，我们就要强行回收飞船了。"

我的手掌传来灼热感，阿叶，你也支持我的，对吧？

"十。"盗猎者的领头开始倒数。

窗外依旧是黑夜，我眯着眼睛看，那抹晨曦太微弱了，似乎随时会被黑暗碾断。天什么时候亮呢？

"……七，六，五……"倒数声不疾不徐。

天际似乎闪了一下，黑暗没有那么浓了，天幕呈现出一种黛蓝色。

"……三，二——"通信模块里的声音突然顿了顿，出现了一丝慌张，"妈的，那是什么！"

"是……云鲸？"有人结结巴巴地说。

"不可能！"另一人惊疑道，"怎么可能有这么多？"

"真的是云鲸，天哪！"

我调转飞船，看到身后的景象时，眼睛顿时涌出热泪。"阿叶，你一定要看看，"我抱起骨灰盒，凑到舷窗前，喃喃道，"你看到了吗？"

在我们面前，数不清的云鲸悬停着，几百头，不，恐怕有上千头了。它们有大有小，高高低低，大灰排在最前头，而比它个头还大的也有好几头，沉默地飘在空中，与偷盗者的飞船对峙。

晨曦终于从天际突破进来，像一柄剑一样刺穿了重重黑暗。金黄的光辉浸染在每一头鲸身上，从鲸尾到鲸头，像是给它们披上了一件件黄金铠甲。

大灰张嘴嘶吼，所有的云鲸都吼了起来。水面被震得泛起波浪，夜晚碎了、退了，我捂着耳朵，泪流满面。

即使是堡垒一样的"大风"级战舰，面对这样的云鲸，也没有丝毫胜算。他们慢慢后退，退到安全距离以外后，再转过方向，喷出一道道离子束，很快就消失了。

于是，只有我还留在海面上了。

大灰飞到飞船下面，嗡嗡叫着，我穿上宇航服，从飞船上跳下去。大灰接住了我，长鸣一声，陡然加速，其余鲸也跟上来，冲向东边那两轮正在升起的太阳。

长夜已逝，黎明渐至。灿烂的晨光洒在海面上，伴随着波浪，聚散离合，如鱼鳞般泛起。太阳升得高了些，像在融化。光太烈了，我的眼睛有些睁不开，于是低下头，把骨灰盒打开。

"阿叶，接下来的路，"我低声说，"我就要一个人走了。谢谢你的陪伴。"

我把盒子横着，在空中划过一道轨迹，骨灰撒了出来，洒成一蓬泛起的白雾。

阿叶，飞起来吧！飞起来了就不要再落下去！

仿佛听到了我的呼唤，一阵晨风突然刮起来，烈烈呼啸。本来快要落下的骨灰被风托起，越升越高，无处不在。这一刻，我的阿叶是晨风，是朝阳，是金色海浩瀚无边的波浪。她终于完全融化在了这颗星球上。

永生者

他刚一醒来，就看到一双乌溜溜的眼睛，从里面倒映出自己的苍白模样。他吓了一跳，要爬起，却发现浑身酸痛，四肢乏力。

"你吃了药，别乱动。"那双眼睛长在一张俏生生的脸上，穿着宫装，看样子是后宫侍女，"你睡了很多天了，我们都以为你不会醒了呢。"

"我吃了什么药？"

宫女却没回答，去端了食盒，小心喂他吃。他很不习惯，一直以来都是他伺候别人，而现在躺在少女怀中，让他脸色发红。这种感觉很久以前有过，但自从进了宫，净身师一刀挥下，这种萌动就随着他身体一部分的离去而消失了。

他一边咀嚼着精美的膳食，一边纳闷。

宫女喂完饭菜就离开了，他勉力下床，推门出去，看到屋外面是一片小花圃。这时正是秋天，风冷叶凋，满地枯枝。他还想再出去一些，但院子门口有侍卫把守，不能通过。

到了晚上，宫女又来送饭。"你叫什么名字？"他接过碗筷，问。

宫女小声回答："我叫绿萝。"

"很好听的名字，好像在哪里听过。"

绿萝不置可否，沉默地看他吃完，收拾食盒，便又走了。

接下来，每天他都在这小小的庭院里，戴着脚镣，无所事事。无聊都还好，让他受不了的是每个午夜时分背上传来的剧痛，像一柄匕首在脊椎上来回剜着，让他牙齿几乎咬碎，冷汗直流。这种痛苦每晚必至，从不爽约，大概持续一个时辰才逐渐退去。那时他才能精疲力竭地入睡。

偶尔也有人来看他。来得最多的，是一个脏兮兮的道士，每次来就会叫人按住他，观察他的舌头和脉象，有时还割破他的血管取一点血走。有两次皇上跟着道士来的，看着他的眼神十分奇怪，带着急切和贪婪。

"我到底怎么了？"他实在忍不住，问绿萝。

绿萝犹豫了一下，"你知道长生不老药吗？"

他点点头——宫里传闻，皇上想长生，召集方士炼丹药，但炼了好几年了也没有结果。

"皇上吃之前，要找人试药，已经死了一百多人了。你是唯一吃了药活下来的，说不定药已经起效了。"

"哦，"他面无表情，"不管药起不起效，反正我最后都会死吧。"

这种淡然的语气让绿萝有些诧异，打量了他一会儿，才点点头，说："嗯。"

花园里种了一棵杏树，就在屋旁，几根枝条凑到了窗子前。没事的时候，他把窗子打开，无聊地数着枝条上的叶子。秋风渐浓，叶子越来越少，他数着数着，慢慢觉得这就像自己的生命，也快到尽头了。

"啪"，一本书摔在桌子上。他停下吃饭，疑惑抬头，看到熟悉的宫装。

"这是什么书？"

"《花间集》，你说听过我的名字，应该是听人念过里面的一句词。"

他拿着书，有些为难："可是我不识字，更看不懂……"

"我可以教你，不过时间紧，一天只能教几个字。"

他吃惊地抬起头，发现绿萝的脸上第一次有了笑意，浅浅的，仿佛一阵风都可以将之抹平，但又那样不可忽视。那种久违灼热感又蒙上了脸，他连忙转头。杏枝在窗前微微晃动。

很多年以后——真的是很多年以后——他对这本书的记忆依然清晰，每个字都记得，每首词都能背诵。他惊讶于记忆在时间里的坚固。

寒风呼啸，杏树的叶子逐渐掉光。京都的冬天特别冷，幸好屋子里添了个火炉，他就着炉火，把那本《花间集》翻来覆去地看。

"外面发生什么事了吗？"他发现绿萝有些不对劲，问。

绿萝把玩着头发，语气忧愁："听说叛军已经快接近帝都了，很多流言，大家都忧心忡忡的……"

"放心，你会没事的。"他安慰道，想拍拍她的肩膀，手伸到一半，又缩了回来。

没人的时候，他躺在床上，两手交叠枕着后脑勺，心里想着绿萝的脸。真漂亮的脸，越看越觉得像不久后会开放的杏花。很快就要开春了，杏花将从窗外伸进来，那时，他肯定一整个春天都不会关上窗子。

但他不知道自己能不能活到春天。

他开始长久地看着窗外的杏枝，想象它抽出绿芽和花瓣，他发现记忆久远，已经很难回忆起杏花的模样。这阵子，绿萝来得也少了，送饭的是一个脸庞宽大的中年宫女。

在冬天快要结束的一个夜里，他被一阵喧哗声吵醒了，醒来看到窗子外有火光腾起。有奔跑脚步声，有凄厉惨叫声，还有疯癫狂笑声。他把窗子开了一个小缝，窥见人影错乱，穿着兵服的人在胡乱砍杀宫女和太监。

是叛军。他想起阿萝说过的话。

"锵"的一声，火花四射，门口的链条被大刀砍断，皇上提着滴血的刀走进来。

他连忙跪下，心头却在狂跳。

皇帝喘着气，血红的眼睛死死盯着他，刀不断地抖动，似乎随时会挥过来。

"想不到，朕来不及永生，"皇帝寒声道，拖着刀向他走来，"又失了江山……"说着，刀猛地劈下，一道寒光在屋子里亮起，在他眸中闪过。

他闭上眼睛，但没有痛苦传来，倒是听到了"叮"的一声，脚镣被砍断了。

"替朕活下去，"皇帝喘着气，一头白发如野蒿丛生，"活到尽头！"

"奴才遵旨！"他重重地磕头。

侍卫已经逃走了，他从院子里跑出去，没走几步身后就传来了惨叫。是皇上的声音。他回过头，看见一大群叛军围住了皇帝，森然刀光湮没了这个皇朝的最后一位帝王。

他继续跑，宫殿到处是尸体和火，但他没有跑向宫外，而是小心地靠近后宫。

他是在御花园里找到绿萝的，太冷了，滴水成冰，绿萝赤裸裸地躺在一丛枯枝间。附近的灯笼都被打灭了，很暗，遮盖了绿萝的表情。他走过去，看到绿萝身上在流血，褐色的，一流出来就凝固了。流血的是两处伤口，一处是两腿之间，一处是胸膛上。他不敢多看，看一眼就呼吸艰难。

于是，他把衣服脱下来，裹在绿萝身上。他感觉到她还有微弱的呼吸，于是他说："别怕，我会救你的，我们能够活到春天到来。"他背起她，往宫外跑，一路上的血和火照耀在他脸上。他能感到脖子后方传来的轻轻呼吸，温暖，带着潮湿，潮起潮落。

"别怕，我们会活下去的……"

他们身后，叛军开始向四处泼油，火光腾腾，照亮了公元

1368 年的寒夜。


那个风尘仆仆的人站在路对面。陈琳觉得有点儿眼熟，车子开出十几米后，她猛地踩住了刹车，使劲扭头向后看。一片喇叭声响起她也没管。

是他！

陈琳把车开到最近的车位，然后踩着高跟鞋往回跑，生怕那个人会像十七年前那样消失。但他还在，背着一个破旧的双肩包，就这么站着，等她跑到面前，才微笑着说："阿琳，你长大了。"

这种语气一如十七年前。这个模样一如十七年前。仿佛一切都没变，眼前这个人还是二十几岁，而她，却从十五岁长到了三十二岁。

这一天，助理给陈琳打了无数个电话，她都没接。估计助理要疯了吧，她想，但就算整个公司的人都疯掉，她也要留下来，问这个人一个问题。

"爸爸，"陈琳艰难地叫出这个称呼，"你当初为什么一声不吭就离开了？"

他没回答，脸上还是那种淡然的微笑，说："我路过这里，在电视里看到你的采访，就想着过来看一下。我走了很久了，很久很久，想休息一阵子。"

陈琳把他带回了家。他似乎真的很累，一坐到沙发上就睡着了。陈琳看着他微仰着头沉睡的样子，仔细打量。是真的，过了这么多年，他的样子一点都没有变。于是她心情复杂地打开那个双肩包，鼻子一酸——里面几乎都是破烂，磨破的鞋，生锈的碗，真不知道这些年他是怎么过的。

在包的最深处，有一本线装书，很老了，纸页泛黄。她盯着封面看了很久，才认出那是繁体的"花间集"三个字。

他一直睡到午夜，醒过来时表情痛苦，蜷缩在沙发上。大概到了凌晨两点，才缓过劲来。

"十几年了，这病还没好？"陈琳把毛巾递过去。

他擦着脸上的冷汗，苦笑道："老毛病，不会好了。"

陈琳有一肚子疑问，但憋了很久，最后说："你收养了我十五年，这里就是你的家。你就在这里住着吧。"

陈琳家里多了一个男人的消息很快传遍了公司，越传越变质，很快流言就成了"她啊，离婚后耐不住寂寞，仗着有钱有势，包了个小白脸在家里"。陈琳知道是背后有人搞鬼，这么多年商场诡谲，敌人满地，朋友稀疏，只能冷笑以对。

幸好，拖着一天的疲劳回到家里，就能看到他。他一直在家里，但不看电视，也不怎么上网，最常做的事情是睡觉和坐在阳台上发呆。对了，他还做饭，陈琳每次推开屋门时都会闻到一阵诱人的菜香味。

这让陈琳想起了小时候。那时她住在小镇上，每天放学回家，推开门，也能闻到他做的饭菜香味。只是，当时她会跳着去拥抱他，说"爸爸真好"，还会去亲他那张永远淡然的脸。现在，推门看到他，陈琳会有一些恍惚。

有时候他会主动说一些事情，比如看到了她以前的照片，就问："为什么离婚？"

"他在外面有别的女人。"

"哦。"

类似的对话还发生了几次。

"一个人打拼辛不辛苦？"

"还好。"

"哦。"

……

"有再婚的打算吗？"

"有几个人一直在追，不过我没兴趣。"

"哦。"

……

而一旦提到关于他的事情，他就守口如瓶。陈琳也没追问，他身上有着什么样的秘密并不重要，重要的是他能陪在自己身边就好。

这个想法第一次冒出来时吓了她一跳。多年独居，单独打拼，她都以为自己不需要男人依靠了，但现在她越来越想早点下班回家。她想按捺住这个想法，却无能为力，索性任其滋生。

公司举办了一次庆功宴，陈琳劝了他很久，终于带他一起参加酒会。所有人都诧异地看着他们，有人端着酒过来，他便与之攀谈。他身上永恒的木讷与沉默似乎被西装完美地遮住了，表现出来的是另一种气质，得体，从容，而且几乎所有方面的话题他都能应对。陈琳惊讶于他的谈吐，同事们的眼光也由惊讶变得尊重——当然，女同事们目光里的敌意更浓了。

这次酒会陈琳喝了很多，回家时已经醺醺然。他开车载她回家，扶她休息，这时，她突然伸手拉住了他的衣摆。

他的身体明显僵了一下。

"就这样，真好。你还是在照顾我，跟以前一样。"陈琳呓语着说，"我孤单了这么久，你终于回来了。你知道吗，我一个人在这个城市里，很多事情都不敢睡着，城市太大了，要一直走，把鞋子走破都走不出去。我经常梦到那个小巷子，你收养我的那个巷子，可以从头看到尾。爸爸，你留下来吧，我们可以一起生活，跟以前一样。跟以前一样，这五个字，我每次听到都会哭……我知道你不会变老，没关系的，我会老，等我老了，你再走吧。世界那么大，你一生走不完，你可以暂时停下脚步吗……"

陈琳絮絮叨叨说了很多。他一直听着，直到她累了才抚摸着她的头发，说："乖，好好休息。"

第二天，陈琳醒过来时，已经看不到他了。他的旧双肩包和那一堆破烂也不见了。陈琳按着太阳穴，坐在阳台前，想流泪，但眼睛始终干涩。她坐了很久，终于发现之前他总是在这里望什么了。

阳台下的花园里，种了一棵杏树。粉红色的花瓣一簇一簇。


听完眼前这个亚洲男子的讲述，费尔南多博士陷入了沉思。从常理上来讲，他本能地不相信有人能长生不老，但男子讲述时，语气沉静，眼神深邃，倒真像是活了一千多年才会有的表情。

如果他是说谎，那他真可以获得奥斯卡影帝——哦，他没有机会了，好莱坞早已不复存在，连整个洛杉矶都在三年前毁于火山中。

"怎么说呢，我是一名科学家……"费尔南多医生斟酌着用词，"衰老的本质是细胞损伤积累，从原理上说，如果中国古代方士真的研究出了能抑制细胞衰老的药，让新陈代谢保持旺盛状态，人确实可以永远活下去。但现在是公元2402年，依然没有办法做到，我很难相信一千多年前就有人做到了。"

男子拔下一根头发，放到桌子上，说："你可以拿我的细胞做鉴定。"

费尔南多博士的助手被叫进来，把头发带到了化验室。

在等待结果的时间里，男子安静地坐着，倒是费尔南多博士感到局促，说："那么，你报名加入'伊甸计划'，想清楚了吗？"

男子点点头。

"你要想好，'伊甸计划'的目的是为人类寻找新家园，要在宇宙中流浪。目前我们的飞船只能达到光速的五分之一，很可能几十年甚至上百年都一无所获，只能漫无目的地继续走下去，这种孤独会让人发疯。"

"所以我最合适。其他人需要冬眠，而我有无尽的时间，每一次发现新行星我都可以立刻知道。至于孤独，"男子笑笑，"我已经孤独了一千多年，孤独是我的朋友。"

"好吧，目前为止，你确实是最合适的候选人。"费尔南多医生再次打量男子，"如果你说的是真的话。"

男子耸耸肩，扭头看着办公室窗外。一棵枯死的杏树倒在地上，黄沙漫天，而天空积满了灰色的霾，连阳光都无法穿透。他又把目光收回来，闭上眼睛。

费尔南多医生叹道："唉，我们把地球伤害得太深，现在看到报应了。全球有四分之三的土地无法居住，这些年人口锐减，如果没有新家园，离种族灭绝的日子都不会太久了。现在，'伊甸计划'是人类延续的唯一希望了！"

"哦。"男子的声音里却并没有多少激动，眼睛继续闭着。

费尔南多博士有些尴尬，所幸助手及时推门，快步跑到面前，一脸惊慌。费尔南多博士看了一眼化验单，像被针扎了似的站起来，"你……原来……"尽管早有准备，他的声音还是颤抖不已，好半天才镇静下来，"你通过我这里的面试了！放心，接下来我会力荐你，让你加入'伊甸计划'！你有永恒的生命，宇宙有无边的空间，你脚步停下的地方，就是整个人类文明的尽头。"

男子"嗯"了一声，表情依旧没什么变化，站起来，说："那我随时等你们通知。"说完向办公室外走去。

"等等，"费尔南多博士叫住他，问，"你一直没有告诉我，那个叫绿萝的女孩子，跟《花间集》有什么关系。"

男子的背影颤抖了一下，接着继续向外走，快到门口时又停下来。

"记得绿罗裙，处处怜芳草。"

脸面

父亲说过，人活一张脸，树活一张皮。什么都可以不要，唯独这脸面，万万不能丢。父亲说这话的时候，通常都会看着墙上那张全息照片，语带缅怀。照片上是祖辈们的模样，都长得差不多，在全息影像里依次出现，俯视着父亲和他。

但祖辈们的余晖已经散去，这张脸曾经代表的权势和财富，并没有遗留到他身上。他只是这座拥挤城市里最平凡的一员。所以，当商人出现在他面前，提出要买这张脸——准确地说，是买这张脸的使用授权——的时候，他很诧异。

"你是说，"他摸了摸自己的脸颊，有些难以置信，"我这张脸，还有人抢着要？"

平心而论，他这张脸确实不算英俊——脸盘很大，两条直直的眉毛下面，是一对略显突出的眼睛。鼻梁也不算挺拔，且鼻头硕大，仿佛贫瘠的山脉上隆起了一个巨大的石头。唯一有特色的，是他的嘴巴，大，非常大，嘴边非常精巧地出现了一颗痦子，化腐朽为神奇，令原本混乱不堪的五官组合，显得非常……喜感。

对面的商人靠近了一些，说："话也不能这么说。张先生，您的这张脸其实非常……颇具特色。的确，在广义的审美上，它确实占不了太大优势，但它很诙谐，人畜无害的样子，看着会令人心生好感，不是吗？"

商人的话让他回忆起了一些往事。他记得第一次遇见妻子时，他这张脸就引起了她的笑容。那是在一个酒会上，他端着酒站在角落里，无人交谈，就在他灰心丧气准备离开时，一转身，就看到了她的笑脸。她笑是因为看到他的脸。她笑得上气不接下气，连声抱歉，说："对不起对不起，但你长得……好好玩……"这是他们相识的初始，如今很多年过去，连妻子都已经离开，这一幕其实他已经记得不再清晰。但不知怎么的，商人这一句话，就拨开了回忆里的迷雾。

他回过神来，说："好吧，不过我没弄太懂，你说的授权，是什么意思。"

询问，就代表有兴趣。商人那张精明干练的脸上，浮起职业笑容，说："让我们移步咖啡厅，我为您解释，"见他迟疑，商人补充道，"放心，我请客。"

于是他们穿过天桥上的人群，来到街边一家档次不低的咖啡馆。一路上，很多张精致的脸从他们两侧路过，男的英俊不凡，女的美貌艳丽。他被一个帅哥撞到了肩膀，他连忙道歉。错身分开后，没走几步，他又碰到了这张脸，帅哥面无表情地从他身边路过。就这么十几米的天桥，这张帅哥的脸，他就看到了五六次。他突然明白商人所说的使用授权是什么意思了。

果然，坐下后，商人对他解释说："刚刚在街上，是不是很多人长得跟陆小凡一模一样？"

他愣了一下，说："那个明星？不是早就过气了吗，我记得还是我年轻的时候看过他演的电视剧。"

"是啊，他又没什么演技，当年红，就是靠长得帅。明星——尤其是流量明星，这种吃年轻饭的行当，人一老，就不太混得下去了，据说前一阵子潦倒得很。但他年轻时长得帅嘛，跟我们公司签了授权协议，公司旗下的医院，可以用他的样子给客人整容。你看看，他现在有了一大笔钱，街上又都是他的脸，得钱又得名，"说着，商人深深地看了他一眼，意味深长地说，"多么聪明的做法啊。"

他说:"那得很多钱吧。"

商人深沉地点了下头,却不说具体数字,只是说:"不便宜啊,不便宜,毕竟这张脸是他的产权,祖祖辈辈赋予他的,年轻时吃饭的家伙,哪能便宜?"

"脸也能当知识产权?"他来了兴趣,探了探身子,"以前整容,不都是可以照着明星的脸整吗?"

"先生,您也说了,这是以前,"商人一副痛心疾首的样子,"以前行业不规范哪。那些小医院,拿着一张照片就去整,这是对肖像使用的侵犯!现在整容技术成熟了,人人都可以长成想长的样子,吻合度逼近 97.12%,这种情况下,行业法规就必须树立起来!而且,每个人的脸,都是辛辛苦苦、一颗饭一滴水地养大的,别人要用,当然得付钱。这当然是产权,是知识产权,是 IP 哪!先生,您想想,IP 哪有便宜的?"

他深以为然。

他记起了前一阵子,女儿跟他要钱时的情形。女儿说:"我要换一张脸。"当时他在厨房里做饭,烟熏火燎中,听到这句话时没反应过来。女儿又重复了一遍,他才听清,问:"为什么要换脸?"女儿说:"你还好意思说,你给我的这张脸,又大又圆,

178

跟个盘子似的，我顶在脑袋上，哪个男生会看我一眼？还有这个痦子，我点掉了又长出来，点掉了又长出来，非要在我脸上！老爸啊，你看我都二十岁了，还没谈过恋爱，现在随便哪个男生跟我多说一句话，我在心里都把跟他生的孩子叫什么名字都想好了。这么下去，你不怕我被人骗啊？"女儿的一番话比满厨房的油烟更让他头昏脑涨，愣了好久，他才问："换一张脸多少钱？"女儿接下来回答的数字，又让他连连摇头，说，"你看，家里连个全自动生态厨房都买不起，哪里还有钱去给你换张脸？"打那以后，女儿就没给过他好脸色，连躺在病榻上的父亲也察觉到了，好几次问他，他都苦笑摇头。

"但哪怕贵，能换上一张心仪的脸，还是值得的吧？您想想，古往今来，哪个年代最看重的不是脸，不是颜值？有了一张好脸，恋爱选择增多，职场一帆风顺，不是有句古话吗——颜值就是正义嘛。"商人絮絮叨叨地说，"您有孩子吧，如果您孩子想换一张更好看的脸，让人生开挂，难道您会不同意吗？"

他心虚地摇摇头，"嗯，一定会同意。"

"所以嘛，尽管贵，市场还是有的。"商人做了总结。

他转了转头，茶色玻璃外的世界里，布满了斜阳和人群。这两者混在一起，让每一张脸都蒙上了金黄色的辉边。他注意去看街上的人流，不知是不是阳光的缘故，他发现许多张脸都是一模一样的。人们高矮胖瘦各不同，却顶着同一张脸，同一种表情，行色匆匆地路过这斜阳下的街道。

"所以，现在开挂的人，这么多？"他问。

商人干笑两声，说："这个嘛，毕竟门槛不高，别人有了开挂的人生，我自然也可以有啊——大家都这么想，就都去买了好看的脸面。这么一看似乎换脸就没有优势了，不过从另一个角度想，别人都开挂了，那自己更不能落后啊！"

的确，整容技术发展到今天，不止改变了人们的相貌，也让世界变得格外陌生。原本他走在街上，能看到各种各样的脸，好看的丑陋的正派的滑稽的……现在，那些迥异的脸逐渐变得趋同，所有人似乎都是从模具里刻出来的一样。他看新闻里，在 H 国，整个国家的男人都是按照最红的男明星来整的脸，女人也都顶着同一张脸。有时候他会担忧地想，这些人怎么来分辨彼此呢？

"但我们跟 H 国不一样，"商人似乎看穿了他的想法，抿了口咖啡，"不是有句古话吗——求同存异嘛，您这张脸，也是很有市场的。我们研究过，您家里祖上还当过首富，您爷爷的爷爷曾经在他名下所有的房地产广告上，都放上了他自己的脸。尤其是您家族这个标志性的痦子，火遍全国，很有意义。"

商人这番话，倒是跟父亲常对他说的很像。一想起父亲，他满脑子里对钱的渴望，就一下子烟消云散了。

因为父亲是绝不会允许他把这张脸卖出去的。


人活一张脸，树活一张皮。

父亲常把这句话挂在嘴边，说完后，还会补充一句，这人哪，什么都可以丢，就是脸面不能丢。

他记得很早的时候，父亲就这么告诫他。那时候父亲还年轻，面庞宽阔，说话时痦子一跳一跳——当时，他知道自己长大了也会变成这个样子，满心期待。而现在，父亲已经萎缩成了干瘪的样子，骨头变得脆弱，一张脸皱皱巴巴，连那颗痦子都成了灰色，被耷拉的脸皮遮住——这也是他日后终要长成的模样，无可躲避。父亲是他在这个世界的先行者，他一步一步，跟在后面，复制着父亲的相貌。

但他复制不了父亲对这张脸的骄傲。

商人显然做了功课，知道他家族的事情。的确，早几代的时候，他们家是巨大财富和名声的拥有者，爷爷的爷爷又比较浮夸，不请明星代言，而是把自己的样子印在所有广告上。这个习惯在几代人之间传了下去，整整几十年，这张脸都是全国人民最熟悉的。家里人出门，都不用表明身份，别人就能知道这是谁。可以说不用一句话，不花一分钱，只要凭着这张脸，就能享受到别人的尊敬。

这就是脸面啊。父亲每次把这些事迹说完，就要用这句话作为结尾，眼睛里无限缅怀。

是的，缅怀。他在心里默默地说。缅怀的意思就是，这张脸代表的辉煌已经逝去，祖上建立了偌大的商业帝国，却没有留下片瓦给他。但这番话他不敢对父亲说。

晚上回到家，他照例看见女儿冷着的一张脸。"怎么不出去玩啊？"他上前讨好地说。哪知这句话让女儿更加火冒三丈，吼道："我长得这个鬼样子，谁愿意跟我玩啊！"吼完进了自己房间，摔上门，哐当声震得山响。

其实平心而论，女儿继承了自己的脸，绝不算丑。但别人都变得那么漂亮了，相比之下，仅仅不算丑，就被远远落下了。

摔门声把父亲吵醒。

"聪聪啊，"父亲叫着他的小名，说，"怎么了啊？"

父亲的声音，被岁月和疾病磨得沙哑，隔着门传出来，游丝一般。

他赶紧推门进去，站在父亲床边，说："爸，没事儿，她闹脾气呢。"

父亲看着他，眼睛里一片灰白。不知道为什么，这种眼神总让他害怕，仿佛父亲的目光会透过这层灰色的翳，直接刺破他的谎言。从小便是如此。

但这一次，父亲看了很久，然后闭上眼睛。

"聪聪，"他说，"这些年，辛苦你了。"

他一愣，随即说："没有没有……倒是苦了爸爸。"他这句也不是套话，整个屋子里，就父亲的房间最破旧，家具都是女儿不要了的，潮湿仿佛从墙缝里渗进来。

"苦不要紧，"父亲振奋精神，喘口气，"守住骨气，守住脸面就好。"父亲床的对面，全息相册检测到有目光扫过来，又开始播放祖辈的画面。说起来，他们这家人的基因真是强大，一代代传下来，所有人都是一个模样。

不知怎么，平时他可以无视这句话，但现在，一股莫名烦躁从他心里升起。他转身走出去，把父亲独自留在对昔日荣光的缅怀里。

对他来说，白天的工作已经结束，而真正的操劳却只是刚刚开始。他还要照顾叛逆的女儿，病重的父亲。或许是因为满腹心事，抑或是厨房太过陈旧，他在做饭时，手一抖，火焰突然从炉子里喷了出来。

商人又来了。

那是一个周末的下午，他已经出院了，但脸上包裹着一层纱，过一阵还得再去医院拆布。如果他有更多钱，可以选择更好的医疗，甚至都不用慢慢养伤，直接换上合成皮肤——但显然，他没有那么多的钱。他打算去倒垃圾，推开门，就看到了西装革履、一脸干练的商人。

"对您的遭遇，我深表遗憾。"商人不请自进，边走边说，"虽然您拒绝了我，但我觉得您有必要再考虑一下……咦，这是您的女儿吗？"

他看了看商人，又扭头看看女儿，最后看向父亲的房门。

他受伤这阵子，跟父亲的关系变得比较微妙。一场火灼烧了他的脸，却让父亲眼睛里的火熄灭了，父亲把那张全息照片放在床下。这几天都没有再念叨脸面了，反而让他有些不习惯。但他还是担心父亲听到商人来买自家的脸，会勃然大怒或黯然神伤。

不过，此时房门紧闭着，父亲正在熟睡。他这才放心，对女儿说:"你先进去。"

女儿一脸疑惑,但还是走进了自己房间,关上门。但他知道女儿的耳朵,一定支在门后。

他叹口气,对商人说:"是我女儿。"

商人"嗯"了一声,看着他的脸上的纱布,说道:"我过来,不是趁火打劫,而是雪中送炭——你现在缺钱吧?"

"现在"这两个字是多余的。他心里想着,表面上却沉默不语。

"而且恕我直言,你这张脸,长在男人身上,很别致,但长在姑娘身上……"商人及时打住,"不如你给咱闺女换个好看的脸吧,只要你签了这个授权合同,别说一张脸,能买好多女明星的脸呢。到时候追她的男生,得从这里排到几条街外吧。"

他犹豫了一下,问:"是不是签了,别人就能随便用我这张脸了?"

"给了钱才行。"

"可谁会一天到晚顶着这张脸呢?"他还是怀疑。

商人解释道:"也不会一天到晚用你的脸。你想想,你的脸特别喜感,特定场合会用到的。现在便携换脸机都普及了,每个人都可以买好几张脸,约会的时候用帅气的脸,谈工作的时候用严肃的脸，不知有句古话吗——因地制宜嘛。"

"那我这张脸，会用到哪些地方呢？"

商人说："比如跟人讲笑话的时候，配合你这张脸，效果一定很好。还有其他特定场合嘛。"

那就是跟马戏团的小丑差不多了。他想。

他转过头，看了看女儿的房门，女儿一定在听；

他又看了看父亲的房门，父亲在熟睡。

最后，他把头摆正，看向镜子里的自己。

镜子里，他的头被白纱布重重包裹，看不到里面的脸。


什么都能丢，就是脸面一定要在呀。

父亲的话蒙上心头。


"没关系，"商人放下名片，语气依旧殷勤，"想清楚了，有需要再找我就好。"

他无声地摇摇头。

女儿的房间里，传来了踹门的声音。他有些不好意思地看向商人，却见商人并未起身，而是从包里拿出一个手柄，横向一拉，侧面的金属扣展开，整个包立刻变成了一个盒子，恰好装得下一个人脑袋。

"不好意思，我现在差不多也下班了，"商人把包套在自己脑袋上，因此声音显得闷闷的，"就在你家里换脸了哈。"

他明白了，这就是商人之前说的便携换脸器。

商人把换脸器拿下来的时候，脸果然跟之前不一样，圆润了不少，而且原本干练的笑容，变得和煦了许多。

"这是……你自己？"他迟疑地问。

商人收好便携器，说："我自己哪能长得这么和蔼。这也是买的脸，要回家陪老婆孩子嘛，就得亲切一些。有利于家庭和谐呢。"说到最后一句话的时候，商人有意无意地看了一眼女儿的房门。

他没有注意到商人的暗示，愣了愣，问道："那你原本——我是说，你自己的脸呢？"

商人摆摆手，说："早扔了，"顿了顿，似乎是在解释，"留着干吗呢？"


他坐在医院走廊门口，等待医生叫他。一个漂亮女生走过来，对他说："爸爸，加油！"

他一愣，看向这张陌生的脸。

女生笑起来："爸爸，是我啊。你看，我是不是变漂亮了？今天才第一天，我就收到情书了呢。"

他还没反应过来，就听到医生叫他的名字。他走进去，又连忙退了出来——这是一间高级手术室。

"是叫你呢，"医生一改之前的冷漠，笑语盈盈，"进来吧。"

医生给他把纱布打开，指着他脸上一块骇人的伤疤，说："都破相了，痦子也烧没了，得换一张脸。"

他连忙起身，说："是不是哪里搞错了？我不换脸啊，我也没钱换。"

"钱都交了。"医生说，"你就躺着吧。"

"谁交的？"

医生也愣了，但还是热情地解释："你爸爸呀，前几天来过了，给你安排了高级理疗。听说啊，是你爸爸签了什么授权，得了好大一笔钱。你看看你女儿，新换的那张脸，可是最新爆红的明星，不便宜呢……"

医生絮絮叨叨的话，他没有听进去。他满脑子里都是父亲苍老的样子。原来，那天父亲并没有熟睡，父亲躺在房间里，听到了一切。而自己的脸，跟父亲年轻时一样，父亲也有这张脸的知识产权。

父亲签下了那张合约。

很快，这张脸就会出现在大街小巷，只要出钱，所有人都能顶着它，做任何可笑的事情。

但父亲……父亲忘了他曾经说过的话了吗，人什么都可以丢，就是不能丢了自己的脸面。

医生正絮叨地说着，突然愣住了——病床上，病人那丑陋伤痕旁的眼睛里，涌出了一抹湿痕。


"先生，"医生小心翼翼地说，"您如果想就这样出院，也没问题，只是伤疤会比较难看。而且我们不会退钱了。"

"给我换一张脸吧。"

医生一喜，调出屏幕，给他看里面各种各样的脸："按照您父亲付费的规格，您的选择空间很大，这些帅气的脸，还有温柔的，成熟的，性感的……都可以选。"

但他闭上了眼睛，似乎有些累，嘴唇翕动，说出了一个名字。

"嗯？"医生搜索这个陌生的名字，屏幕上立刻出现了一张脸，并不英俊，脸盘很大，嘴角还有一颗痦子。

"给我换上这张脸。"他说。

搭讪

对小双来说，这种被人搭讪的情况，还是第一次。

197 号悬轨线很偏僻。从交通路线图上可以看到，城市密集错杂的悬轨线路里，只有它像是一根长错了的枝丫，偏离主城，孤独地伸向西郊区。因此到了终点站，车厢就没多少人了，车门打开，一股冷风灌进来。她抓紧手机，走下悬浮台阶，这才发现已经到了秋天。郊外冷风乍起。也就是在这个时候，那个男生快步走到了她身边，打算说话。

小双对这种搭讪很反感。

就是嘛，认都不认识，在大街上看了一眼，就过来要联系方式。通常会以"气质好""觉得投缘"这种名义，但说到底，不就是看长相吗？

也正是这个原因，小双跟闺蜜一起走在路上时，从来都是闺蜜被搭讪，而她只能尴尬地站在一旁——没有这种经历的人，很难想象这种尴尬有多么难受。

所以她有些戒备地后退一步。

男生连忙停下，说："我知道这样有些突兀……但我一路上都在想，有什么别的方式可以认识你，就是，正常一点的方式……比如跟你一起排队，自然而然地说上话，比如吃饭坐在邻座……但下了这站，我们就要分开了，下次遇见你，不定是什么时候。很有可能不会再遇见了，这座城市太大。所以我现在就过来跟你说话，我叫小聪，你、你好。"

这个叫小聪的男生说话时，语气嗫嚅，满脸通红，显然并不擅长这种搭讪。他长得很一般，脸有点圆，个子也不高，丢在人堆里就会消失不见——这一点跟自己很像。所以小双的戒备心一下子消失了。

"嗯，你好，"她说，"我叫小双。你有什么事吗？"

"我想认识你一下。"

"你现在已经认识了。"她看着他。

男生看了一眼四周。在悬轨站外，有一条长而幽静的道路，路的尽头有电影院，以及简单但温馨的饭馆。

但他想了想，还是习惯性地亮出手机，说："我能加一下你好友吗？回头可以在网上多聊聊。"

透明的手机面板上，投射出一个安静旋转的三维码。

加了好友之后，男生就离开了。小双缩着肩膀，走上了那条幽长的道路。她其实很希望有人陪她走这条路，但路灯拉扯出的影子，从来只有她脚下那孤零零的一条。这个晚上是她无数个繁忙夜晚中的一个。她回家后还要继续加班，ANNI给她安排了一个电话会议，加完班要为接下来的自考做准备——到时候ANNI会准时跳出来，帮助她复习。通常放下手机，关上ANNI的时候，这一天也就结束了。

但她现在揣着手机，走在路上，嘴角和轻盈的发梢都微微扬起。这肯定是一个不一样的夜晚，只要手机里响起消息。


隔壁租房的情侣又开始吵架了，小聪把房门关紧，盯着手机，思考怎么发出第一个消息。

"你好"？太生疏了。

"刚刚都在想你"？太浮夸了。

一个笑脸的表情？太僵硬了，而且让对方不好回复。

他懊恼地拍着头，念叨着："怎么办呢？"

怎么办呢？有事情，找ANNI。

手机屏幕上光影凝聚，投射出一个穿着短裙的少女影像。这就是ANNI，每一款手机都会安装的智能助手，虽然只有巴掌大，但能解决所有问题——尤其是在这个手机支配一切的时代。

他的手机摔过一次，镜头不太好，空气中的ANNI有些掉帧，一闪一闪的。但看到她，小聪一下子就放下心来了。

ANNI听完小聪的话，在空中轻盈地转了一圈，说道："那交给我吧，我可以帮她跟她聊天，让你得到她的好感。"

"谢谢你。"小聪由衷地说。

"只是……"

尽管知道这只是系统程序故意做出的欲言又止的模样，小聪的心还是又悬起来，身子前倾，问："只是什么？"

"我需要安装一款插件，"ANNI身影涣散，空气中的光点由蓝色变得粉红，"这款叫'丘比特'的插件，是专门为跟异性聊天而研发的。"

粉红色光点旋转成形，显出一个心形图案，随后一支虚拟的箭射过来，正中红心。柔媚的广告音响起。小聪想着小双，有些心不在焉，大概听到"丘比特"利用了什么大数据技术，精准分析人类思维，能在线上聊天中，辅助使用者得到聊天对方的好感……巴拉巴拉的。然后是一些成功案例，情侣们靠在一起，感谢丘比特的帮助。这些画面倒是让小聪有些心动，不禁想象了一下跟小双站在一起时的样子。这时，广告到了尾声，全息影像里，是这款插件的购买价格。

3000虚拟币。

他脸上，刚刚浮起的笑容又凝固了。三千虚拟币，换算成现金——是他两个月的房租。隔壁情侣的吵架又升级了，开始砸东西，砰当砰当地响。他环视着逼仄的屋子。他早就想换地方住了，但手头一直不宽裕，好不容易省下点钱……

手机摄像头检测到他表情的变化，ANNI及时跳出来，挥挥手，"丘比特"的广告烟消云散，说："当然，我们永远不会怂恿任何非理性消费，你再考虑考虑。我们换个话题吧，"顿了顿，她换了个语气，"今天你遇到的女孩子，特别美丽吧？"

小双的脸从记忆里浮现出来。

"额，"小聪说，"刚刚那个插件叫什么名字来着？"


手机震动一下，打断了她的复习。

"嗨，小双同学，睡了吗？"

这句话后面，跟着一个贱贱的动态表情。

她笑了笑，退出了自考复习界面。一身干练职业套装模样的 ANNI 从空气中显现，提示她今天的复习进度没有完成。她摆摆手，手机识别到了手势操作，ANNI 优雅地弯腰散开。

新消息是小聪发来的，那个来跟自己搭讪的男孩。想起他憨憨的样子，小双就觉得好笑。她拿起手机，回复道："还没。"

消息发过去了，又觉得是不是回复得太生硬了，于是加了一句，"你呢？"

"我也还没有啊，想着过来跟你问个安。"顿了顿，手机上又跳出一行字，"觉得在今天结束前，还是要跟这一天见过的最漂亮的女孩问个好。"

她的第一反应有些脸红，然后觉得自己应该生气，因为这句话很轻佻，但不知怎么，就是气不起来。她不得不承认，没有女孩子不喜欢被夸漂亮。她原本以为自己是例外，但脸上的红晕和翘起的嘴角出卖了她。

她收敛笑容，准备回复，突然一下子不知道回复什么好了。跟异性聊天这种事，对她而言，非常陌生。她能执行领导的命令，与客户唇枪舌剑，每个条款都据理力争，但回复一条明显对自己有好感——显然，自己对那个男孩也有好感——的消息，让她为了难。她怕自己的无趣和不善言辞吓退这个男孩。

"怎么办呢？"她握着手机，喃喃自语。

怎么办呢？有事情，找 ANNI。

ANNI 跳了出来。听完她的诉说之后，ANNI 沉吟了一下，说："既然这样，我可以帮你跟他聊天，保持和加深他对你的好感。"

"好呀。"

"只是……"


小聪惊喜地发现，丘比特果然很神奇，取得聊天权限后，很快就跟小双聊上了。他拿着手机，看着跟小双聊天的对话框界面，新消息不断地跳出来，而丘比特也逐一回复。

比如小双在那边问道："你这么晚了还不休息呀？"

丘比特会停顿一下，然后回一条消息："不知道为什么，我每天晚上，都不愿意轻易结束这一天。"然后停下来，等着对方回复。

小聪明白，先前的停顿是故意的，留出恰当的"反应时间"，让对方察觉不到这是程序在聊天。事实上，丘比特偶尔还会停顿更久，有一次过了三分钟还没回复小双的消息，小聪干看着，自己都开始着急，怀疑丘比特插件是不是崩溃了。这时，丘比特才有条不紊地输入,"不好意思哈,刚刚去刷牙了。"

消息发过去后,对面说:"没事的。看来你很注意健康呀,这么关爱牙齿。"

"哈哈,是啊,关爱牙齿,更关爱你。"

小聪看到这条消息发过去后,一愣,赶紧去点击这条消息,打算撤回——哪怕他不会跟女孩子聊天,也知道这句话过于轻佻。这才认识几个小时,说这种话,小双一定会反感。但在他点击撤回键之前,ANNI跳了出来,对他说:"丘比特这么说,一定有自己的道理。等一下哈。"

果不其然,对面也顿了顿,然后说:"你也看过那个广告?"

"是啊,小时候很喜欢用那款牙膏。"

"我也是。"

……

然后话题就围绕着童年,欢快地进行下去。

小聪这才想起,"关爱牙齿,更关爱你"是很早以前的一款牙膏广告语。

"这种问话,用了老广告的梗。通过刚才的聊天,丘比特采集了她的不少信息,对她进行了建模,分析得出,她知道这款广告语的概率非常大。所以这句话很可能会博得她的认同感,从而获得好感，也方便进行下一个话题的转换。"ANNI 解释说，"如果对方没听过，丘比特也会有备选方案。"

小聪点点头。这种半真半假的对话确实高明，如果对方接受好感，自然最好；如果生气，就说是玩笑话。简直进可攻退可守。他对丘比特彻底放心下来了。

而另一方面，小双居然还真记得以前的广告语，说明是个念旧的人呢。他笑起来，对小双的好感增加了一分。

小双也佩服丘比特的强大。她给 ANNI 安装了这个插件后，果然跟小聪的聊天，就变得和谐默契起来了。

丘比特能采集网络上所有的数据，知识点全，博闻强识，小聪的什么话题，都能游刃有余地接下来。有一次，小聪刷完牙后，对她说了一句"关爱牙齿，更关爱你"，她还没有反应过来，丘比特就回复道："你也看过那个广告？"并顺着这个话题聊到了童年。

在丘比特聊天时，她也没闲着，在网上查了下那句话，发现它出自很早以前的一个牙膏广告。她没有用过这款牙膏，甚至都没听说过，如果没有丘比特代她聊天，并顺畅地接过了聊天的梗，自己的回答肯定会让小聪失望。

说起来，丘比特真的跟广告里描述的一样，善解人意，很容易博得聊天对象的好感。如果不知道是智能程序在代聊，恐怕小双都会喜欢这个能说会道的"自己"。

这样一想，她对丘比特完全信任了。

她看了眼屏幕，丘比特正跟小聪聊到童年，偶尔逗趣，偶尔怀旧，氛围非常好。她满意地点点头，一股睡意袭来，她把手机放在床边，自己陷入梦乡。


小聪一觉醒来，第一件事就是翻看聊天记录，发现昨晚自己睡着之后，丘比特依然在和小双聊天。到了深夜三点，才互道晚安，结束了聊天。

这就说明，小双对自己的印象，一定很不错。他高兴地想。

他滑动手机屏幕，聊天记录如流水一般，虽然很多，但他还是一字不落地查看。通过跟丘比特的聊天，他发现小双真的是一个很可爱的女孩子，而且见多识广，丘比特聊的很多话题，他都感到陌生，但小双每次都顺畅地将话题接过去。他越看越佩服，甚至都有些自卑——这么有见识又有趣的姑娘，真的是自己配得上的吗？

想了想，他又释然了——这不是有丘比特在帮自己吗？只要这么聊下去，很快，小双就会对自己产生好感。

接下来的几天，小聪都在心不在焉地工作，只要有间隙，他就会拿出手机，看一下丘比特跟小双聊天的进展。

进展很顺利。

丘比特很准确地把握住了聊天节奏，在上班时，跟小双联系的频次就降低了——这是为了不让小双觉得自己不务正业；而到了下班后，丘比特会主动给小双发一些生活照片，有些是丘比特合成的——这是为了向小双展示自己的生活状态。小聪心里很清楚，还会感到惭愧，因为自己实际上又宅又废，生活空间逼仄，完全不像丘比特所营造的那个热爱运动、生活质量高的男生模样。

但恋爱嘛，肯定真真假假，哪能什么都往实了说呢？他这么告诉自己。

聊天记录里出现"哈哈哈"的频率越来越多，说明小双被逗得很开心。其实岂止是小双，他看到丘比特用的那些俏皮话，自己也忍俊不禁。按照这个速度进行下去，很快，小双就会爱上自己吧。

这一天晚上，ANNI又跳了出来，告诉小聪："现在聊天进行得差不多了，该见面了，不然，再聊下去，小双会失去对你的好奇心。"

小聪深以为然，说："嗯，是该约出来见一见了。"

"但如果要进一步获得小双的好感，约她出来，就要使用丘比特的 Pro 款功能。"

而要解锁 Pro 版功能，需要增加付费。

又是 2000 虚拟币。

小聪愣了愣，长久地看着这个数字，又划动聊天记录，突然拍了下自己的脑门——丘比特已经帮自己聊到了这份上，难道自己还不能使最后一把力气，约小双出来吗？

一念至此，他果断退出了付费界面，拿着手机，打算给小双发邀约消息。

他的手指放在屏幕的虚拟键盘上，想按下去，但眼前的打字界面突然变得陌生。

他的手指长久地僵在空中，微微颤抖。

他的脑子里空白如纸。

半个小时后，他重新调出了付费界面。


这几天，小双一直在关注跟小聪的聊天。根据丘比特的反馈，他们聊得很顺利，显然对面那个男孩很喜欢自己。

说起来，不聊不知道，聊了之后才发现，小聪原来如此风趣健谈，热爱运动，注重生活品质。这样的男孩子……她看了眼镜子里的自己，面色暗淡，头发杂乱，不禁有些自卑。

不过有丘比特帮忙，应该能弥补吧。

她由衷地感谢丘比特，五百虚拟币虽然不菲，但能够换得一份合适的感情就很值得了。

果然，一切都朝着顺利的方向走去，不久之后，小聪就开始约她见面。

这是个好信号，说明对方愿意往下一步发展。但丘比特却回复说，最近比较忙，见面的事过几天才有时间再说吧。她感到诧异，因为ANNI知道自己的行程，明天就有空跟小聪见面。这时，ANNI跳出来，解释说："这是欲拒还迎，也是考验，矜持一点，免得他以为你很好约出来。"

小双连连点头。

"等他再发消息来约，就可以同意了，不过，到时我们会做一个小游戏。"

"这是女孩子的常用招数，欲拒还迎，也是对你的考验，"收到小双婉拒的消息之后，ANNI不慌不忙地解释道，"女孩子都这样的，不会让你第一次就轻易约出来，显得矜持。不过别着急，过几天再约就好了。"

小聪不由得叹服，果然是升级版，更加有效了。他完全放下心来，过了几天，ANNI 提示他，对方已经答应了和他见面，一起看场电影。

老套而经典的约会方式。

但小双提出了一个要求——她把最近上映的几部新片都发过来，做成了一个线上投票。然后，两人都选一部，如果选的是相同的电影，才能一起去看。

ANNI 说："我推测，这是为了增加默契度和情趣——很有意思的女孩子呢。"

"但万一选的不是同一部呢？"小聪担忧道。

"不用担心，这些天丘比特一直在跟她聊，知道她的爱好偏向艺术类。这几部新片里，正好有一部文艺片，《地球永夜》。有95% 的几率，她会选择这一部。"

小聪自然信任 ANNI 的推断，但还是看了下其他新片，发现除了充满小资情调的《地球永夜》，新一集的《星球大战》居然也刚刚上映。他一直是星战迷，只是这些年碌碌工作，几乎都淡忘了。此时一看到这熟悉的名字，心里不由触动，很想看这部电影。

"但是，女孩重要，还是看电影重要？"ANNI 及时阻止了他。

"可是我不喜欢看文艺电影，容易睡着……"

ANNI 说："那也绝对不能去看科幻电影，因为……"她停顿了一下，谨慎地说，"爱好科幻和追求女孩子，是两个极端。"

他想了想，觉得有道理。


小双看着这些新片的名字，手在《星球大战》上顿住了。她想起很小的时候，自己迷恋那些奇形怪状的飞船，收集了许多贴画。这个爱好还被其他女孩子嘲笑过。

"我可以去看《星球大战》吗？"她小心地问着 ANNI。

ANNI 的身影投射出来，沉默了一下，说："我当然不能阻止你去做你任何想做的事情，但根据丘比特的推算，小聪是一个讲究生活品质的人，不会太喜欢打打杀杀的动作片。他肯定会选择另一部《地球永夜》，我建议你也选择这部，毕竟，电影可以再看，但第一次约会更重要。"

小双低下头，"嗯"了一声，选中《地球永夜》，然后点击确定。

投票之后，便可查看结果。小聪早已提交。果然，两个选项都投给了《地球永夜》。

明明结果是朝着预想的方向去的，但不知为什么，小双觉得有些失落。


小双和小聪约在悬轨站外。

这时候已经没多少人了，夜晚寂静，一条漫长幽深的道路延伸向远方。电影院闪着迷离光晕，隔得老远看过去，像是一个童年的梦。

在这样美好的氛围里，小聪先看到了小双。 他高兴地走到小双身前。小双看到了他，也笑了起来。

一切都跟丘比特预料的一样。

只是……

小聪正要打招呼，张了张嘴，却发现喉咙里冒不出声音来。他立刻惊出一身冷汗。他的第一反应是自己的声带坏了，但看着小双近在咫尺的脸，又低下头，看到自己手里紧紧攥着的手机，才意识到——

他不知道怎么开口跟小双说话。


小双也是满脸通红，握紧手机。


他们在夜色下站了很久，直到 ANNI 提醒电影快开场了，才转身，一起走向电影院。

在看《地球永夜》的过程中，他们直直地看着舒缓唯美的画面，手机都快捏出汗了。喜欢的人就在身侧，转头就能看到，但他们正襟危坐，目不斜视。他们都希望 ANNI 能跳出来，但这时，ANNI 静静地待在手机里，仿佛在沉睡。

看完电影后，他们走向不同的路，朝着各自的家走去。

这个夜晚，小双回到家里，还要继续加班，加完班就得复习新划出的自考内容。今天已经浪费了一晚上，她想，恐怕得熬夜才能补回来了。

这个夜晚，小聪回到家里后，隔壁情侣的例行吵架又会穿透薄薄的门板，传到他耳中。他躺在狭窄的房间里，又得在吵闹中翻来覆去，很晚才能睡着。

再次路过悬轨站的时候，小聪突然停下了，他想起第一次跟小双说话时的情形。那次他跟她搭讪，虽然笨拙，但还是鼓起勇气说了话，消除了她的戒备。那是一个不坏的开头。他想，那天如果他不是找她要号码，去网上聊天，而是直接陪她走完这条幽静绵长的道路，事情是不是会变得不一样？

这么想着，他不由失笑。丘比特肯定比自己更懂女孩，怎么能怀疑它呢？他握紧了手机。

后来呢？

小聪和小双见光死，再也不联系了吗？

并没有。

正如丘比特的广告语，小聪和小双在一起了，他们成了这座城市里无数对情侣中的一对。

小双依然有打大量的工作要做，要熬夜复习自考；小聪依然缩在狭小逼仄的房间里，隔壁情侣吵架的声音每天都传到他耳中。

但现在有些地方不一样了：他们每天都在聊天，言语之间，情意绵绵。每一个看到这些聊天记录的人，都会被他们之间的深情感动。他们自己也很庆幸遇到了对方，看着对方发过来的消息，会露出幸福的笑容。

当然，他们从未再见过面。

病人

这是费尔南多医生无数个无聊下午中的一个。他把办公桌上的沙漏翻过来倒过去，一次次地看着褐色的细沙流尽，当他打算第六十几次这样做的时候，门被敲响了。

　　"请进。"费尔南多医生把沙漏放好，正襟危坐。

　　细沙再次流淌，发出滋滋的声音，像是窜动的电流。

　　进来的是个年轻的病人，瘦高个儿，穿着灰色呢绒外套。病人坐到费尔南多医生面前，脸有点发白，他说："下午好，医生。"

　　"嗯，下午好。怎么，感觉不舒服吗？"

　　"是的——哦，也不是不舒服，"病人挪了挪身子，似乎有些局促，"每次……我总会发现眼睛只能看到灰色，每次这样的时候，我就……我觉得我生病了。"

"不然你也不会来我的诊所了。"费尔南多医生把沙漏移开，拿出登记本，"把你的证件给我，做一下记录。"

被移到一旁的沙漏底已经被沙子覆盖，玻璃球间的管道把沙滤成细细的一缕，不紧不慢地流着。

费尔南多医生拿过病人的证件，一边写一边念念有词："嗯，彼蒙·帕克，布鲁克林人，出身于200——嘿，你确定这证件是你的？"

病人彼蒙不安地点头。

"生于2002年，可你怎么看都不像是只有十岁。难道今天是四月的第一天吗？"费尔南多拔高声音，显出一丝不悦。

"这就是我的问题，医生。"

医生仔细打量着彼蒙，后者一脸恳切，两手不安地互搓。午后阳光从窗子里照进来，把彼蒙的右脸照得更加苍白，而他的左脸隐在光线不能抵达的阴影中。沙漏快流尽的时候，医生决定相信他："这么说，你不但有眼疾，而且还患有早熟或身体发育过快的毛病？"

"呃，其实——也可以这么说，我怕很快就会变老……医生，请你帮帮我。"

"我会的，"费尔南多医生瞥了一下沙漏，玻璃折射着阳光，沙线越来越细，大概还有一秒就会漏完，"那么，我们来谈谈——"

世界于一瞬间内褪色，所有色彩被抽离，仅余灰色。

彼蒙在椅子上等了很久，但面前的医生一直保持着同样的姿势，张着嘴。他一动不动。彼蒙眉头皱了起来，心中升起不祥的预感。

不会的，不会在这个时候发病的。他对自己说。可当他看到沙漏中最后一缕细沙凝固在玻璃球间的空气中时，心里再也没有侥幸。他叹口气，这抹气息也凝固在空气中。灰色的阳光照在他脸上，他看向窗外，灰色的太阳被随意贴在灰色的天空中，像是一幅二流印象派画家的涂鸦。

这次的灰色近乎铁灰，比以往任何一次都要沉重。这并不是好事，这说明着他这次发病将比以往任何一次都要持续得久。

彼蒙站起身，走出了费尔南多医生的办公室。外面的情况没有好上多少，一切都凝固了，街上的行人保持着前一瞬间的姿势，一个女孩儿的气球脱手飞出，凝在半空。小女孩儿仰头望着，嘴唇张开，似乎在喊什么。彼蒙走过去，把牵着气球的线拉下，轻轻系在女孩儿手腕上。而女孩儿还保持着追逐气球的姿势。

彼蒙在公园里坐下了。周围的人都是静止的，他像是坐在一个巨大的城市雕像中，一群鸽子悬在他头顶，他四周都是散碎的阴影。彼蒙孤孤单单地坐了很久，然后他决定开始行走。

他的生长还在继续，与其坐在这雕塑的城市里衰老，不如去见见世界的其他地方。

彼蒙向东方走去，他从超市里拿了一些食物和衣服，穿过一条条街巷。他不停地走，累了就原地休息，太阳始终挂云层之上。他张嘴大喊，但听不到自己的声音。

声波都被凝固了。

整个世界似乎就只有彼蒙一人了。他倍感孤独。有一次，他在高速公路上走着，看到一辆轿车停在空中，而前方都是栏杆外的悬崖。车里是一家三口。每个人的表情都很惊恐。彼蒙蹲在那里研究了好一会儿，才确定这是一场被凝固了交通事故。彼蒙长久地凝望着他们，最后决定给予帮助，他花了很大工夫才把那一家三口从车里搬出来，放到路面上。可他正要离开时，又觉得这样不对，于是把那三人又弄回车里。接下来，他用车里的工具，在栏杆那儿修了个弧形轨道，与车轮相接。他推演了很多次，确定当凝固解除时轿车会沿着弧轨再次回到路面上。然后他才离开。

他继续行走。他走出了城市，在旷野中踽踽独行。有时候他会碰到下雨的天气，雨水在空中悬浮着，枝状闪电如卧龙般盘在云上。他走过去，水汽会渗进他衣服。这对他来说并不是很好的体验。因为没有风，一旦布料被打湿了就不会再干，他只有再去寻找合身的衣服。

就这样，彼蒙不断地走着。太阳被他甩在西边，在地平线处半隐半现，他回望，灰色的光线笼罩视野。他知道他走到了世界的黄昏。


在一处广场，彼蒙看到一幅奇异的场景——一个少女坐在喷泉池的石阶上，手里拿着冰激凌，脸上绽开了灿烂而幸福的笑容；而她面前，坐着一个须发皆白的老人，老人定定地看着少女。黄昏的光线披在这两人身上。

彼蒙看了几眼，然后从他们身边走过去。

一只手按到了彼蒙肩上。

彼蒙吓了一跳，顺着肩上的枯瘦的手，他看到了那个老人。

从这时起，彼蒙知道了这个世界上得这种病的不止他一个人。

"这是时间滞缓症，"老头拿着树枝在地上写道，"发病的时候，时间会在我们身上停滞。别人的一秒钟，是我们的几十年，甚至一生。"

"换句话说，就是在那一秒，我们比别人快了无数倍？"彼蒙沉默地望着眼前的老人。

"是的。"

彼蒙挠挠头，他只有十岁，但看上已经接近三十。在二十年的凝固时间里，他阅读过许多书籍，于是不解地写，"那是什么让我们速度变快的？这需要很大的能量。"

"我不知道。我研究过很长时间。你知道，时间是我们最不在乎的东西。但我一无所获，没有哪本文献里记载着相关病例。"老人一笔一画地写着，偶尔他会抬起头去看一旁的少女，"不过我猜是时间的流力在推动我们。"

彼蒙停下了。他不懂这些东西，但能见到同病相怜的人总是让他高兴的。他继续写道："那你现在多大？"

"你是问生理年龄吗？我想我快七十了。"

彼蒙指了指一旁的少女，"那她是你的孙女吧——不，"彼蒙想到老人也患了时间滞缓症，"是你的女儿吧？"

老人顿了顿，把树枝扔开，转身望着绽放了灿烂笑颜的少女。很长一段时间里，他都没有动。

于是彼蒙暂停了他的流浪行程，在广场里陪着老人。这里没有天气变化，他们睡在长椅上也不会觉得寒凉。有时候他们会聊很多，有时候他们结伴出去，在周围的地方默默观看。但老人一直不答应离开这个广场。

老人越来越老，他的眼睛眯成了一条缝，看什么都是雾蒙蒙的。虽然世界被凝固了，但老人的时间一直在流淌，他的身躯迅速老朽。彼蒙忧伤地看着老人益发佝偻的身躯，但他无能为力。

在凝固的时光中，老人迎来了他的死亡。他让彼蒙把他背到其他的地方，将他掩埋。在生命的最后一瞬，老人固执地望着广场的方向，直到他的身体变得僵硬。老人死后，凝固作用降临了，他像所有其他人一样被固定。彼蒙把他放在空中，然后牵着他的手，让他在半空中拖行。

埋葬时，彼蒙从老人的口袋里找到了一张相片，上面是两个年轻的男女。女孩的灿烂笑脸让彼蒙很熟悉。他立刻认出了她就是广场上那个拿着冰激凌的少女，于是他仔细去看照片上的男孩，他依稀看到了老人的影子。


你生命中有没有出现过这样的人？你觉得他会永远陪伴着

你，而他也愿意这样做，但前一秒他还在你身侧，下一秒就蒸发在时间里，再不复现。

但是他会凝望着你，在你察觉不到的时间中，直到年迈苍苍。

彼蒙坐在老人坟前，哀伤地想着。

当彼蒙长成了中年人模样时，他到了南半球。阳光照不到这里，整个半球都沉浸在浓郁的黑暗中。

站在光与暗的交界处，彼蒙犹豫了。如果继续前行，将意味着他要长久地在黑暗中摸索，他不喜欢黑暗。但这份犹豫没有持续多久，与对黑暗的恐惧比起来，他更加害怕原路返回的寂寞。

他在超市找到了一些已被打开的手电筒，但当他把电筒拿起时，光线立刻变得模糊，像是散开的雾。他顿时明白了，光一秒能转地球七圈，而如果没有障碍的话，他也能在这一秒内把地球走几个来回。电筒的光帮不了他。于是他放弃了寻找光源，一个人在茫茫黑夜中行走。

他再没有遇见过同样得了时间滞缓症的人。老人死后，世界真的只剩他一个身影了。

夜空上的星辰给彼蒙指引了方向，他继续朝着东方行进。有时候他睡在都市温软的床上，有时候他靠在丛林的巨树下睡着。他路过城市和乡村，见过婴儿和死人，他对身边的一切开始漠然。

他在漫长的跋涉中失去了对时间的感觉。有时候他站在酒吧前，怔了一下，他不知道按自己的生理时间算，刚才这一恍惚到底是过了一秒还是一年。唯一能提示他时间在流淌的，是他的年龄。他在衰老在黑暗中加剧，好几次他伸手抚摸自己的脸，已经能察觉到皱纹正像树根一样滋生着。

但他有意识地维持着眼睛的健康。每当走过一段长长的黑暗路途，他都会在都市的灯光下里待上好几天，直到眼睛适应光线。他不记得最长的一次迷失在黑暗中是有多久，他已经丧失了时间概念，但那次，他差点疯掉。他在伸手不见五指的丛林徒步行走，刚开始总会撞到树干，好几次他还踏入了猎人们布置的陷阱。但这没有伤害到他，陷阱的引子被触动之后，利刃并没有弹出来。要是他在这里等几十年，或许缓慢行进的利刃才会刺进他的身体。

真正让他绝望的，是无穷无尽的跋涉。他看不到星星，靠直觉行走，但总是找不到走出丛林的道路。有一次，他的手摸到了一片柔软的绒毛，他顺着摸下去，摸到了冰冷黏稠的尖牙。他吓得心中一哆嗦，这可能是老虎，或是熊。他看不见，也知道野兽伤不了他，但他还是害怕。

这场跋涉可能持续了几个月，或是几年。总之当他爬到一处山坡上时，浑身的衣服已经破烂，成了挂在他身上的脏布条。他脸上长满了浓密而杂乱的胡须。休息了很久，他继续向着山坡往上爬，他的眼睛开始流泪。他以为是自己太高兴导致的，但过了一会儿他才意识到，眼泪是为了突如其来的光线而流出的。他怔怔地看着远处的灯泡，记忆里有些东西苏醒了，一个名词在他心中翻滚，他颤抖着嘴唇，对着那圆形的光源跪下了。

那不是灯泡，是太阳。


彼蒙继续前进，他的步伐越来越缓慢。他从镜子里看不到自己，但只凭着感觉，他就知道自己很老了。他的头发花白得如同飘絮，他的脸像树皮一样皲裂，但他的眼睛还能看见。

有几次，他发现视野里的灰色会突然消失几秒，世界重新恢复成彩色。他知道发病期快要结束了，但这已不再重要。

他环顾自己所处的环境，很多景象都让他觉得熟悉，他颤抖地回忆，终于确认这就是他试图就医的那个城市。他又回来了，在环行整个世界之后，他又回到了原点。

彼蒙颤巍巍地在街道上穿行。在马路边，他看到了那个手上系着气球线的女孩儿，她依然张口在喊着什么，但她的嘴角有上扬的趋势。彼蒙猜测她下一个表情应该是欢笑。

路过费尔南多医生的诊所时，彼蒙停下了。他迟钝的脑袋里有几幅画面，是关于这家诊所的，但他记不清楚。于是他走了进去，推开办公室的门，他见到了正把眼睛瞥向沙漏的费尔南多医生。彼蒙坐到医生面前的椅子上。

玻璃沙漏里最后一粒沙子落到了底部。

阳光一下由灰色变得金黄。


"——的具体病情吧。"费尔南多医生收回目光，打算开始看病，但他抬起头，看到他面前的病人已经垂垂老矣。